LA VIE
DE
SAINT JOSSE
PRINCE
DE BRETAGNE,

PAR

Messire Louis Abelly,

ÉVÊQUE DE RODEZ.

NOUVELLE ÉDITION.

MONTREUIL,

CHEZ DUVAL, IMPRIMEUR-LIBRAIRE,

rue des Barbiers, n° 586 et 587.

1851.

St.-JOSSE, abandonnant les grandeurs de ce monde,
S'acquit dans les déserts la grandeur sans seconde;
Et si depuis sa mort on l'invoque en ce lieu;
C'est que mort à soi-même il n'y vécut qu'en Dieu.

LA VIE
DE
SAINT JOSSE,
PRINCE
DE BRETAGNE,

PAR

Messire Louis Abelly,

ÉVÊQUE DE RODEZ.

NOUVELLE ÉDITION.

MONTREUIL,
CHEZ DUVAL, IMPRIMEUR-LIBRAIRE,
rue des Barbiers, n° 586 et 587.

1851.

LETTRE
A MONSEIGNEUR
L'ÉVÊQUE D'ARRAS,
ABBÉ DE L'ABBAYE
DE SAINT-JOSSE-SUR-MER.

MONSEIGNEUR,

Je ne puis déposer cet Ouvrage en des mains qui lui soient plus favorables que les vôtres, puisque la meilleure partie de ce qu'il contient est à vous; non seulement à cause des instructions et mémoires que vous avez eu la bonté de communiquer, qui ont beaucoup servi à sa composition; mais encore plus par la piété que vous avez toujours fait paraître envers ce grand Saint, dont la vie est ici décrite, qui vous a porté, après avoir réparé les ruines du lieu où reposent ses reliques, de procurer que ses vertus fussent publiées, et que ceux qui l'honorent et l'invoquent, eussent la consolation de connaître ce qu'il a fait pour le service et pour la gloire de Dieu, dessus la terre, et ce qu'il peut maintenant auprès de sa divine Majesté dans le ciel, pour leur obtenir toutes sortes de biens temporels et éternels. Si l'Auteur de cet ouvrage était encore vivant par-

mi nous, il pourrait en rendre un plus particulier témoignage ; mais Dieu l'ayant retiré de ce monde pour récompenser les autres travaux qu'il avait entrepris pour son service, avant qu'il pût donner une entière perfection à celui-ci, vous avez eu la patience de me faire solliciter, pendant un assez long temps, d'y mettre la dernière main, pour le faire imprimer : et sans les engagements et occupations qui me sont survenus, je n'aurais pas tant tardé de satisfaire à votre désir, et tout ensemble de m'acquitter de quelque partie de mes devoirs envers ce grand Saint, auquel je reconnais avoir des obligations très particulières, comme celui qui a eu l'honneur durant plusieurs années, de servir une église dédiée sous son nom, à la divine Majesté. Mais enfin ayant été nécessité de venir en cette ville, pour quelques affaires de mon Diocèse, j'ai ménagé les heures qui m'étaient entièrement libres pour coopérer à votre bon dessein, et pour offrir au public un Ouvrage, lequel en manifestant les belles actions et les vertus de ce bienheureux Saint, fera connaître les vôtres, et me donnera lieu de vous renouveler les assurances que je suis véritablement,

MONSEIGNEUR,

Votre très-humble et très-obéissant serviteur,

LOUIS, Ev. de Rodez.

PRÉFACE.

Depuis bien des années j'ai remarqué avec peine que la vie du bienheureux Saint Josse, Prince de Bretagne, ce livre si précieux, est presque perdue et mise en oubli dans ce siècle de luxe et d'indifférence. C'est ce qui m'engage aujourd'hui à reproduire l'histoire de ce haut personnage si vénéré des Picards et du monde chrétien afin que les pélerins innombrables qui vont chaque année visiter les reliques de Saint Josse et lui demander la santé ou celle de leurs parents et amis, sachent au moins, quelle a été la vie sublime et admirable de ce prince, son humilité et comment il a su mépriser les biens de la terre pour obtenir ceux du ciel. Nous ne voulons rien changer ni rien ajouter à l'œuvre de M. Abelly; cependant, quelques observations sur l'état actuel des lieux dont il est question dans ce livre sont ici nécessaires.

La chapelle Saint-Laurent n'existe plus : ce n'est plus qu'une plaine de verdure, au milieu du bois, et au-dessous de laquelle on voit encore, mais presque comblées, LA FONTAINE AUX CHRÉTIENS et LA FONTAINE AUX CHIENS. L'église où les Reliques de Saint Josse ont reposé, pendant plusieurs siècles, a été rasée vers la fin du 18e siècle ainsi qu'une grande partie de l'abbaye. La Châsse dépouillée à cette époque de ses richesses et de ses ornements a été transférée en l'église paroissiale de Saint-Pierre, où elle est tous les ans l'objet d'un grand concours de fidèles.

Les habitants d'Airon-Saint-Vaast ont fait construire en 1809 une fort belle chapelle dédiée au glorieux patron du pays, dans un lieu appelé Bavémont. On y remarque surtout un tableau représentant Saint Josse à son retour de Rome, qui rend la vue à la fille du comte d'Airon. En souvenir de ce miracle, une procession a lieu tous les mardis après la Pentecôte depuis l'église Saint-Pierre jusqu'à Bavémont. Une autre procession plus solennelle se fait à Saint-Josse, le dimanche de la Trinité, de l'église paroissiale au lieu dit la CROIX COUPÉE. Cette Croix autrefois en pierre avait été érigée à Bavémont au lieu même où Saint Josse a rendu la vue à Juliule, fille du comte d'Airon. Elle fut depuis transportée à un kilomètre de Saint-Josse où elle subsiste sous ce nom parceque des malfaiteurs en des temps très reculés en ont abattu une partie qu'on a remplacée ensuite par une croix de fer scellée dans la partie de pierre qui reste de l'ancienne croix. De là doit certainement venir son nom de CROIX COUPÉE et c'est probablement en amende honorable que les fidèles se rendent à cette procession pendant laquelle, selon l'antique coutume de la Bretagne, chacun se presse et se pousse pour porter ou même toucher la Châsse au point que,par moment les pélerins eux-mêmes semblent être portés avec elle. Il est impossible de se donner une idée du nombre de visiteurs, qui vont en ce jour faire leurs dévotions à la Châsse du bienheureux Saint Josse. Chaque famille doit donc, pour s'en rendre compte, y envoyer ou y conduire ses enfants. Leurs visites et leurs prières ne seront pas inutiles et ils y jouiront d'un spectacle qui laissera certainement en eux des impressions religieuses dont ils pourront profiter.

C. QUANDALLE.

LA VIE
DE
SAINT JOSSE
PRINCE DE BRETAGNE.

CHAPITRE I.

Le temps, le lieu et autres circonstances de la Naissance de Saint Josse.

La Providence divine n'est pas moins admirable dans la disposition du temps qu'elle destine à la naissance des Saints, que dans la conduite du reste de leur vie : car l'on peut bien dire, suivant la parole de l'Evangile, *Que ce n'est point par la volonté de l'homme, ni par les affections du sang, ni de la chair, et encore moins par hasard et rencontre fortuite, mais par un dessein formé de Dieu, que ces enfants de son adoption viennent au monde*, au temps qu'il juge le plus propre pour sa gloire et pour le bien de son Eglise.

Ainsi voyons-nous que durant les tempêtes des persécutions qui se sont élevées aux premiers siècles du Christianisme, Dieu a fait naître des Martyrs, doués d'une force et d'un courage invincibles, pour les opposer à la fureur des tyrans. Et quand les plus dangereuses hérésies ont commencé à paraître, il a suscité des Docteurs qui, par leur parole et par leurs écrits, ont soutenu la vérité, et confondu tout ce qui lui était contraire. Et c'est aussi dans la vue de cette même conduite que nous pouvons dire qu'il a fait naître le Saint dont nous écrivons la vie, en un siècle où l'iniquité ayant abondé sur la terre, et la charité étant fort refroidie, il semblait nécessaire que Dieu fît paraître au monde des âmes d'élite qui, par le mépris de ses vanités, et par la ferveur de leur charité, rallumassent ce feu céleste que JÉSUS-CHRIST est venu apporter sur la terre, et qui semblait alors être presque éteint.

Et pour mieux connaître ceci, il faut remarquer que vers la fin du sixième siècle, qui est le temps de la naissance de saint Josse, et durant la plupart du septième, qui a été éclairé du cours de sa sainte vie, le monde se trouvait en un état si déplorable, qu'il se pouvait dire avec vérité, *que presque toute chair avait corrompu sa voie* : car bien que les persécutions fussent cessées et que l'Eglise jouit alors d'une assez grande paix, elle trouvait pourtant dans cette paix, selon la parole du Prophète, des sujets *d'une amertume très-amère*. L'Empire d'Orient ne reconnaissait presque plus de Prince légitime, étant exposé comme en proie à l'ambition et à l'avarice de divers tyrans, qui se ravissaient la couronne les uns aux autres. L'Afrique et une grande partie de l'Europe étaient comme un théâtre où les Goths, les Vandales et autres nations barbares faisaient chacun à leur tour, jouer de sanglantes tragédies : et pour comble de malheurs, en ce même temps le faux prophète Mahomet commença à débiter son pernicieux Alcoran, lequel ayant inondé sur la plupart des provinces de l'Orient, comme un déluge de malédiction, a causé la perte éternelle d'un nombre presque innombrable de misérables créatures, qui se sont laissé séduire par cet imposteur, que l'on peut avec raison appeler le précurseur de l'Antéchrist, puisqu'il semblait avoir entrepris de détruire et abolir les plus saintes et solides maximes de l'Evangile de Jésus-Christ : ayant proposé à ses sectateurs la possession des biens temporels, et la jouissance des voluptés sensuelles et charnelles, comme le souverain bien de cette vie, et l'objet de toutes les espérances de l'autre.

C'était donc pour s'opposer à cette infâme et détestable doctrine, et pour soutenir la vérité et la sainteté de l'Evangile de Jésus-Christ, qu'il semble que Dieu, par une providence particulière, ait suscité en ce même temps plusieurs grands saints, lesquels renonçant généreusement à tous les avantages de leur naissance qui les mettait en possession des biens et des contentements de cette vie, ont fait une profession particulière de suivre Jésus-Christ, ayant pour cet effet abandonné leurs richesses, pour se conformer à sa pauvreté ; s'étant privés de toutes les voluptés, et même de celles qui étaient permises, pour embrasser sa Croix et ses Epines, et pour consommer leur vie dans les rigueurs d'une vie pénitente, et l'offrir comme en holocauste à sa divine Majesté.

L'histoire de l'Eglise nous fait remarquer dans ce temps-là plusieurs Rois et Princes souverains, qui se dépouillèrent de leur pourpre, et quittèrent leur Royaume ; les uns pour se renfermer dans les cloîtres, et se soumettre au joug de l'obéissance religieuse, les autres pour se retirer dans les déserts, et y rendre un parfait service à Dieu. Et pour ne rien dire de ce qui s'est passé en plusieurs autres lieux, la seule Angleterre nous fournit en ce siècle-là (ce qui ne se remarque point en aucun autre) trois de ses Rois lesquels en la fleur de leur âge, ont volontairement abandonné leur royaume; non point par défaut de courage, car ils étaient fort belliqueux; ni par la disgrâce de leurs affaires, car ils ont fait cela au milieu de leurs plus grandes prospérités, et quelques-uns même après avoir remporté de grandes victoires sur leurs ennemis, mais seulement pour rendre un plus grand honneur à Dieu, et pour se conformer plus parfaitement à Jésus-Christ son Fils.

Or, entre tous ces vertueux Princes, Dieu a voulu être particulièrement glorifié en la personne de celui dont nous écrivons la vie, lequel étant né dans une province de notre France, voisine de l'Angleterre, semble avoir excité les autres par son exemple, ayant le premier de son siècle levé l'étendard d'une vertu si héroïque, et montré par l'abandon volontaire qu'il fit d'une souveraineté qui lui était légitimement acquise, *que c'était une chose meilleure et plus désirable d'être pauvre et abject en la maison du Seigneur, que d'habiter dans les tabernacles des pêcheurs. Et que l'Impropere de* Jésus-Christ *était un plus grand trésor que toutes les richesses de l'Egypte de ce monde.*

Ce fut donc environ vers la fin du sixième siècle, l'an de Notre Seigneur Jésus-Christ cinq cent quatre-vingt treize, que Saint Josse prit naissance dans la Bretagne, que son père possédait en qualité de roi, Clotaire deuxième du nom, étant alors roi de France. Ce Prince qui se nommait Juthael, avait épousé Prithelle, fille de l'un des principaux seigneurs de Bretagne, nommé Ausoch, et Dieu ayant béni leur mariage, ils eurent quatorze fils et six filles, qu'ils élevèrent avec tant de soin, et leur inspirèrent de tels sentiments de piété dès leur plus tendre âge, qu'ils ont tous vécu fort vertueusement, et plusieurs même d'entre-eux sont morts en réputation de sainteté : à quoi n'a pas peu contribué le bon exemple du prince Josse leur frère, lequel tenant le second rang dans cette famille royale, après Judichael son aîné, et ayant passé la meilleure partie de sa jeunesse dans le monastère de Lammailmon; où avec la connaissance des bonnes lettres il avait sucé le lait de la piété chrétienne, parût peu après dans la cour du roi son père, comme un Daniel en celle de Nabuchodonosor, et porta son aîné aussi bien que ses autres frères à cette généreuse résolution de se conserver purs et incontaminés parmi toutes les licences et occasions périlleuses, auxquelles leur condition les exposait, et de faire triompher les vérités et les maximes de l'Évangile de Jésus-Christ, au milieu des vanités et des intrigues du grand monde.

CHAPITRE II.

Judichael après la mort du roi son père, veut céder la couronne et le royaume à son frère saint Josse, et ce qui se passa entre-eux sur ce sujet.

Nous allons voir en ce chapitre une contestation arrivée entre deux jeunes Princes, fort différente de celles qui naissent tous les jours, entre les personnes de cette condition. Les histoires nous apprennent plusieurs divisions advenues dans les familles royales, qui ont été souvent suivies de guerres sanglantes, et autres funestes accidents : et pour l'ordinaire ces discordes provenaient, ou de l'ambition de ceux qui voulaient s'attribuer plus qu'il ne leur appartenait, ou du mécontentement des autres qui se voyaient trop inégalement partagés. Mais nous verrons ici deux frères en débat au sujet d'une couronne, non pour s'en emparer, mais pour s'en décharger l'un sur l'autre : ils sont en contestation pour un royaume que l'aîné veut laisser à son cadet, et que celui-ci refuse d'accepter.

Certes si l'on se rapportait d'un tel différent au jugement des sages du siècle, ils taxeraient de folie ces deux jeunes Princes, ils s'en prendraient à la piété dans laquelle ils ont été élevés, et ne manqueraient pas de dire que la dévotion leur aurait renversé l'esprit, ou affaibli le courage : et que c'est agir contre toute sorte de raison, que de refuser de la sorte, ce qui est universellement estimé comme le plus grand de tous les biens de cette vie : mais si nous voulons considérer cette action avec un esprit éclairé des lumières de la Foi, nous reconnaîtrons que ces deux frères n'ont point manqué de jugement ni de courage, lorsqu'ils ont pris une résolution si extraordinaire, et qu'ils ont agi avec autant de sagesse et de générosité, que l'on pouvait attendre de deux Princes vraiment chrétiens; qui ont estimé ne pouvoir rien faire de plus glorieux, que de rendre la plus grande gloire qu'ils pouvaient à Dieu, préférant l'honneur de le servir, à celui de dominer, et le bonheur de suivre Jésus-Christ, a tous les plus grands avantages du siècle.

Le roi Juthael ayant sagement gouverné son état, durant un assez long espace de temps, trouva enfin le terme de son règne et de sa vie, vers l'année six cent dix-huit, et laissa son royaume à son fils aîné Judichael, alors âgé de vingt-sept ans ou environ. Ce Prince quoique doué de toutes les qualités requises pour soutenir avec honneur une telle dignité, ayant néanmoins assisté à la mort de son père, et vû de ses yeux qu'elle était la fin où se terminaient toutes les grandeurs et vanités de cette vie, en fut extraordinairement touché : il considérait que ce qui était arrivé au roi son père, lui était inévitable; qu'il lui fallait mourir un jour, et peut-être plutôt qu'il ne pensait; et qu'alors toute la gloire et tous les honneurs du monde s'évanouiraient comme de la fumée; qu'il lui faudrait abandonner pour jamais tout ce qu'il aurait le plus chéri sur la terre, et qu'il ne remporterait de cette vie, que le bien ou le mal qu'il aurait fait. Il se souvenait de ce qu'a dit autrefois le plus sage de tous les Rois de la terre, *que ceux qui auraient eu gouvernement et autorité sur les autres, seraient obligés d'en rendre un plus grand compte, qu'ils seraient examinés et jugés avec plus de rigueur, et qu'ils seraient punis, non-seulement des maux qu'ils auraient faits, mais aussi de ceux qu'ils auraient causés par leur mauvais exemple, ou qu'ils n'auraient pas empêchés par leur autorité.*

Ces pensées et plusieurs autres semblables occupant incessamment l'esprit de ce Prince, lui firent enfin prendre la résolution, après avoir employé beaucoup de prières pour demander lumière et conseil à Dieu, de mettre à quelque prix que ce fût, son salut en assurance : et pour cet effet, se décharger de cette couronne dont le poids lui semblait insupportable, et ne voyant aucun d'entre ses frères plus capable de la porter que le prince Josse, qui alors entrait dans sa 25e année, il l'appela un jour en particulier et s'étant enfermé avec lui dans son cabinet, lui découvrit la résolution qu'il avait prise de se retirer : il lui dit que s'étant adonné tout le temps de sa jeunesse à prendre ses divertissements, il reconnaissait bien qu'il n'avait pas fait un fonds de vertu, tel qu'il était nécessaire pour pouvoir gouverner les autres en qualité de roi, et faire son salut parmi toutes les occasions périlleuses qui environnaient cette dignité : qu'il avait grand sujet de craindre de se perdre dans une telle condition, et de causer la perte de plusieurs autres : et partant que préférant son salut à toute autre considération, il avait résolu de se retirer, et de lui remettre la couronne de ce royaume, comme à celui qu'il jugeait le plus capable, et qui, par l'étude qu'il avait faite de la piété pendant sa jeunesse, et par la connaissanee qu'il avait prise des affaires, pendant le vivant du roi son père, avait acquis toutes les qualités requises pour gouverner sagement et heureusement le royaume qu'il leur avait laissé. Et sur cela l'ayant embrassé, il le pria et conjura les larmes aux yeux de ne lui point refuser ce qu'il désirait de lui, et ne se point opposer aux bons mouvements que Dieu lui donnait pour mettre son salut en assurance.

Qui a jamais vu un homme surpris d'un éclair qui lui donne inopinément dans les yeux, ou d'un coup de tonnerre qui lui vient frapper les oreilles, peut se représenter quel fût l'étonnement du prince Josse, lorsque le Roi son frère lui fit cette proposition si extraordinaire, et si peu attendue. Il demeura quelque temps sans parler, ne sachant que répondre à un tel discours. S'étant néanmoins un peu remis, il tâcha par toutes sortes de raisons, de le divertir de cette pensée, et de lui persuader de retenir ce royaume qui lui était si légitimement acquis; lui offrant tout le service et toute l'assistance qu'il pourrait pour son soulagement et sa décharge. Mais voyant que nonobstant tout ce qu'il lui représentait, il demeurait toujours ferme en sa première résolution il se vit obligé de lui dire que cette affaire était d'une telle conséquence, qu'il ne pouvait pas sans témérité se déterminer si promptement : et partant qu'il le suppliait de lui donner quelque temps, pour y penser devant Dieu, et lui demander lumière et conseil : et ayant, non pas sans grande peine, obtenu le terme de huit jours, il se retira au monastère de Lammailmon, où il avait fait ses études, et y passa tout ce temps en prières ; demandant instamment à Dieu, la grâce de reconnaître sa volonté, et le courage de l'exécuter fidèlement, quand il l'aurait connue.

CHAPITRE III.

Saint Josse se retire secrètement de la Cour, et à son exemple un de ses frères fait de même.

Ce que la fable dit être arrivé autrefois au fameux Alcide, à l'entrée de ces deux routes si différentes de la vertu et de la volupté, peut nous aider à former quelque idée de ce qui se passa dans l'esprit du prince Josse, durant le temps de sa retraite au monastère de Lammailmon. Il était question de prendre une dernière résolution sur l'acceptation, ou sur le refus d'un royaume qui lui était offert. Il ne manquait pas de raisons qui fesaient balancer son esprit de part et d'autre. S'il regardait du côté de la terre, l'éclat d'une couronne, les charmes d'une autorité souveraine, les délices d'une cour florissante, et toutes les choses qui peuvent flatter les sens, contenter l'esprit dans la possession d'un royaume, se représentaient en sa pensée, et le sollicitaient avec une douce violence, de ne pas refuser un tel avantage, que la providence divine lui offrait : et pour fortifier ce mouvement, il lui venait en l'esprit qu'en cet état il pourrait rendre de notables services à Dieu : qu'ayant en main une puissance souveraine, il l'employerait pour autoriser toute sorte de bien ; qu'il ferait régner la justice, qu'il mettrait la piété en crédit ; qu'il appuierait la religion, qu'il défendrait l'église, qu'il se rendrait le protecteur des orphelins et des veuves, et l'asile de tous ceux qui se trouveraient dans quelque oppression.

Mais quand il venait à lever les yeux en haut et consulter les vérités que la foi lui avait enseignées, il concevait d'autres pensées fort différentes : Il considérait que dans ce qui paraît grand aux yeux des mortels, il y a souvent plus de vanité que de solidité : que les biens du monde ne sont pour la plupart tels qu'en apparence et non en vérité : que les conditions les plus élevées, sont les plus exposées aux traits de l'envie, et aux révolutions de la fortune; que quelque bonne résolution que l'on prenne, l'expérience fait voir que les honneurs changent les mœurs, que les flatteries aveuglent l'esprit, que les délices énervent le courage, et que les plaisirs corrompent la volonté, et qu'enfin, il est impossible d'accorder les maximes de ce monde, avec celles de Jésus-Christ. D'ailleurs élevant sa pensée vers les choses célestes, la terre ne lui paraissait qu'un point, en comparaison de la vaste étendue de cette demeure bienheureuse, que Dieu a préparée à ses élus : le monde et toutes ses pompes et vanités semblaient s'éclipser et s'anéantir à la vue des grandeurs infinies de la majesté de Dieu : et entrant dans les sentiments du saint Apôtre, il réputait tout ce qu'il y a de plus riche et de plus précieux sur la terre, comme du fumier et de la boue, au prix du bonheur d'une âme qui possède Jésus-Christ, et qui lui est unie par un parfait amour ; en sorte qu'étant éclairé et comme pénétré de cette divine lumière qui lui faisait estimer les choses selon leur juste valeur, il prit résolution de prévenir le Roi son frère, et en se retirant secrètement de sa cour, abandonner tout ce qu'il pourrait prétendre au monde, pour acquérir cette perle précieuse, et se rendre possesseur de ce trésor caché de l'évangile. Et la providence de Dieu favorisant cette inspiration, lui donna moyen de l'exécuter par la rencontre de quelques Pélerins, qui s'en allant à Rome, passèrent par le monastère où il était : car, se servant de cette occasion, il sortit secrètement, et en habit déguisé, et s'étant mis à suivre ces pélerins, il se joignit à eux et vint en leur compagnie jusqu'à Paris, où les ayant quittés il prit son chemin vers le Ponthieu, comme il se verra en la suite de ce livre.

Toute la cour se trouva fort surprise de la sortie inopinée du prince Josse, mais elle le fut encore davantage après que le roi Judichael, en eut déclaré la cause et le sujet. Et ce qui augmenta l'étonnement d'un chacun, fut une semblable résolution prise en ce même temps par Uvinoch son second frère, lequel animé par cet exemple, crût qu'il ne devait pas avoir moins de courage ni différer plus longtemps l'exécution du dessein qu'il avait pris d'abandonner le monde, et de prévenir le roi Judichael, qui avait assez d'estime de sa personne, pour lui faire les mêmes offres qu'à son frère le prince Josse, et qui sans doute ferait un plus grand effort pour l'y faire consentir, voyant que son premier dessein ne lui avait pas réussi. Pour cet effet, il communiqua sa pensée à trois vertueux gentils hommes nommés Guadanoch, Ingenoch, et Medoch, auxquels il avait une confiance particulière, qui l'approuvèrent, et même s'offrirent d'être de la partie, et de le suivre partout où il irait. Ayant donc par leur entremise fait tenir des chevaux prêts, il prit son temps pour se dérober aux yeux de la cour, et s'en vint avec eux à grandes journées aux confins de la Picardie, vers Théroüane : où ayant vendu leurs chevaux, et tout leur équipage et donné l'argent aux pauvres, il se présentèrent ensuite à St.-Bertin, abbé de Cithieu, qui les reçut au nombre de ses religieux, en la compagnie desquels Uvinoch fit un tel progrès en la vertu, que quelques années après il fut élu abbé de Vuormholt; où il mourut en l'année 717, ayant fait plusieurs miracles devant et après sa mort. Son corps fut depuis transféré à Vninokberghe, près Dunkerque, où il est encore à présent en grande vénération, L'Eglise l'a reconnu au nombre des saints dans son Martyrologe, et en fait mémoire le 6 novembre. Et quelques auteurs donnent semblablement la qualité de Saints à Guadanoch, Ingenoch, et Medoch, compagnons de Saint Uvinoch, qui moururent tous devant lui.

Les retraites si subites de ces deux Princes, donnèrent beaucoup de peine au Roi Judichael, lequel ayant un extrême regret de ce que ses bons desseins étaient ainsi avortés, se vit comme nécessité de retenir malgré lui la conduite de son royaume qu'il ne pouvait remettre à aucun de ses autres frères à cause de leur bas âge. Connaissant donc par ces événements, que Dieu voulait qu'il lui rendit encore service quelque temps, en qualité de Roi, il employa tous ses soins à bien policer son état, traitant ses sujets avec tant de douceur, et les chargeant de si peu d'impôts que les étrangers abordaient de tous côtés en Bretagne, soit pour y apporter des marchandises ou bien pour s'y établir, en sorte que toutes choses s'y trouvaient en abondance, lors même que les provinces voisines étaient dans la disette.

CHAPITRE IV.

Judichael se trouve engagé dans une guerre contre Dagobert roi de France, laquelle étant terminée par une paix entre les deux couronnes, il se retire en l'abbaye de Saint Meen de Gael, et se fait Religieux.

Quelque soin que Judichael apportât pour maintenir son royaume en paix et entretenir une parfaite intelligence avec les Princes ses voisins, il ne put pourtant éviter d'avoir guerre avec Dagobert roi de France, dont le sujet est diversement rapporté par ceux qui en ont écrit.

Quelques-uns disent que ce fut parceque Judichael ne voulait pas rendre hommage à Dagobert : d'autres, que cette guerre arriva au sujet de ce que les Bretons avaient secrètement favorisé les peuples de Guyenne, qui s'étaient révoltés contre Dagobert, auquel ils donnèrent beaucoup d'affaires. Mais les autres rapportèrent que Dagobert voyant que ses revenus diminuaient tous les jours, soit à cause que les monnaies qu'il faisait fabriquer n'avaient presque plus de cours pour être de plus bas aloi que celles de Bretagne : soit parceque le négoce se ruinait en France, et se transportait en Bretagne, où la plupart des marchands français s'allaient habituer à cause des franchises qu'ils y trouvaient : pour ces causes il fit défense à tous ses sujets d'exposer aucune monnaie de Bretagne, n'y même d'y faire transporter aucune marchandise, ou d'aller s'y habituer, et passant plus outre, il fit notifier au roi Judichael, l'édit qu'il avait fait publier en son royaume sur ce sujet : le menaçant que, s'il recevait aucun de son royaume, au préjudice de ses ordonnances, il le tiendrait pour ennemi, et le traiterait comme une personne qui lui débaucherait et soustrairait ses sujets.

Ce Prince qui n'avait pas moins de générosité que de piété, lui fit réponse qu'il s'étonnait fort qu'un roi qui connaissait par expérience jusqu'où s'étendait l'autorité royale, écrivit en ces termes à un autre roi qui était autant indépendant que lui, et qu'il ne devait rendre compte de ses actions qu'à Dieu seul; qu'à la vérité son domaine était beaucoup moindre que le sien, mais que son autorité, dans les terres de son obéissance, était autant absolue que la sienne : qu'au reste il lui déclarait franchement qu'il continuerait à l'avenir de recevoir favorablement, et donner protection à tous ceux qui se retireraient sur ses terres, non pour désobliger sa Majesté, avec laquelle il souhaitait entretenir une parfaite intelligence, mais pour user de ses droits, et de l'autorité que Dieu lui avait mise en main, et qu'il était obligé de maintenir et de défendre au péril de sa vie.

Dagobert irrité de cette généreuse réponse, envoya aussitôt quelques troupes en Bretagne, pour y faire le dégat, mais elles furent repoussées par celles du roi Judichael, lequel poursuivant sa pointe, les fit entrer dans le Maine, où elles défirent l'Armée française, commandée par Guy, comte de Chartres, qui fut fait prisonnier. Mais après cet exploit, Judichael fit retirer ses soldats dans ses places frontières, avec l'ordre de ne faire aucun acte d'hostilité contre les Français, s'ils n'étaient attaqués, faisant voir par ce procédé sa modération et sa prudence : sa modération, se contentant de repousser l'injure qui lui était faite, sans passer plus outre : et sa prudence, ne voulant pas irriter davantage, ni attirer sur soi un trop puissant ennemi.

Or, quoique les historiens ne conviennent pas touchant les diverses rencontres de cette guerre, non plus que sur le sujet qui lui donna commencement : tous néanmoins demeurent d'accord qu'elle ne fut pas fort avantageuse aux Français, et que Dagobert jugeant qu'une bonne paix lui serait plus honorable et plus utile que la continuation d'une fâcheuse guerre, se servit de l'entremise de Saint Eloy, alors évêque de Noyon, pour moyenner quelque accomodement avec Judichael, qu'il savait bien avoir une vénération particulière pour toutes les personnes de grande piété telle qu'était ce saint Prélat, dont il avait fait choix pour cette raison, comme de celui qu'il jugeait le plus propre pour faire réussir cette négociation. Et en effet il agit de telle sorte envers Judichaël qu'il lui persuada de s'aboucher lui-même avec Dagobert, pour traiter ensemble à l'amiable des articles de la paix. L'entrevue se fit à Clichy-la-Garenne proche de Paris, où ce prince fut reçu par Dagobert avec toutes les démonstrations possibles d'honneur, d'estime et d'affection; et dans la première conférence qu'ils eurent ensemble, la paix fut conclue, et même confirmée de part et d'autre par de riches présents. Ensuite de quoi Judichael prit congé du roi Dagobert fort satisfait du succès de son voyage : mais surtout il fut grandement édifié des vertueux entretiens qu'il eût pendant le séjour qu'il fit en la Cour de France, tant avec le saint évêque de Noyon, qu'avec Saint Ouen, alors chancelier de France et depuis archevêque de Rouen. Les discours de ces deux saints personnages réveillèrent en lui les sentiments de piété qu'il eût lors de la mort de son père, et firent renaître en son cœur les désirs qu'il avait conçus de quitter le monde, qui augmentèrent de telle sorte, qu'étant de retour en Bretagne, il se sentit extraordinairement pressé d'en venir aux effets. Et néanmoins comme il était fort prudent il ne voulut rien précipiter, et ne jugea pas qu'il fut expédient de se dérober à ses sujets, ni de se retirer à leur insçu comme ses deux frères, craignant que cela ne causât de grands troubles ; mais après avoir instamment recommandé cette affaire à Dieu, ne voyant personne dans sa famille qui fût propre pour gouverner le Royaume, il convoqua les Etats de Bretagne, et après avoir déclaré la résolution qu'il avait prise de se retirer, et les motifs qui l'y avaient porté, il leur fit démission de sa dignité royale, et remit sa couronne entre leurs mains, les exhortant de faire choix d'un roi qui eût toutes les qualités requises pour soutenir une charge si importante, et s'acquitter dignement de tous les devoirs qui y étaient attachés.

Il n'est pas nécessaire de rapporter ici les remontrances et prières instantes qui lui furent faites pour le divertir de ce dessein, ni les regrets et les larmes de tous les assistants, pour la perte qu'ils faisaient d'un si bon prince, lequel nonobstant tout ce qu'on pût lui dire persista constamment en sa résolution : et après cette démission faite il se retira en l'Abbaye de Saint Meen de Gael où il se fit religieux.

Quelques auteurs rapportent que lorsque l'on fit la cérémonie de lui donner l'habit de religion, ce Prince parût revêtu de ses habits royaux, accompagné de ses Officiers, et qu'ayant quitté publiquement toutes ces marques de souveraineté, il se revêtit de l'habit ordinaire des religieux de ce monastère, avec de si grands sentiments de piété, qu'il tira les larmes de toute l'assemblée, laquelle se trouva composée des plus grands seigneurs de Bretagne qui étaient venus en ce lieu, tant pour rendre leurs derniers respects à leur Prince, que pour repaître leurs yeux d'un spectacle si extraordinaire. Ce religieux Prince passa le reste de ses jours dans tous les exercices de piété convenables à la condition qu'il avait embrassée, et termina sa vie en ce même monastère, par une sainte mort, après laquelle son corps y fit plusieurs miracles qui ont porté l'Eglise à le reconnaître au nombre des Saints et en faire mémoire le seizième décembre en son Martyrologe.

CHAPITRE V.

Saint Josse s'arrête quelques temps à Paris, et ensuite se retire en Ponthieu où il est reçu comme un pauvre en la maison du comte Haymon.

Le Prince Josse qui ne s'était joint à ces Pélerins, dont il a été ci-devant parlé, que pour couvrir et faciliter sa retraite et non pas pour les suivre dans leur voyage de Rome, étant arrivé à Paris, où il pouvait demeurer inconnu avec quelque assurance, prit congé d'eux et se résolut d'y arrêter quelques temps, pour, avant que de passer plus outre, examiner plus en particulier et tâcher de mieux connaître ce que Dieu demandait de lui : n'ayant pris jusqu'à lors qu'une résolution générale de quitter le monde, et renoncer à toutes les grandeurs de la terre, sans avoir déterminé la manière de vie qu'il choisirait, parceque Judichael son frère, ne lui en avait pas donné le temps ni le loisir.

Il y a grande raison de croire que ce saint qui avait tant d'amour pour la pureté, n'eut point d'autre retraite que dans un hôpital, pendant le séjour qu'il fit à Paris, mais on ne peut pas déterminer assurément quel a été cet hôpital, ni en quel endroit il était situé. Le très-illustre évêque de Toul, auteur du martyrologe de l'Église gallicane, fondé sur l'ancienne tradition, estime que l'église paroissiale de St. Josse, a été bâtie au même endroit où était cet hôpital. Et quoique l'ancien cartulaire de St. Lazare, semble être contraire, en ce qu'il témoigne que la Chapelle de St. Josse, fut bâtie environ l'an 1235, sur le fond de la maison d'un particulier, et non d'un hôpital : néanmoins ce témoignage seul ne détruit pas absolument cette tradition, parce que pendant l'espace de six cents ans, qui se sont écoulés depuis l'arrivée de St. Josse à Paris, jusqu'à l'érection de cette chapelle, il peut être advenu que cet hôpital ait été détruit et changé en une maison particulière, qui aurait puis après été employée à la construction d'une chapelle en l'honneur et sous le titre de St. Josse : la mémoire s'étant toujours conservée que St. Josse avait demeuré en ce même lieu pendant son séjour à Paris. Et il ne faut pas s'étonner si le Chartulaire de St. Lazare n'en dit rien, parce que, faisant seulement mention de l'acquisition de cette maison pour y construire une chapelle, et ne parlant point de la construction de celle-ci, il n'a point aussi parlé des motifs qui ont obligé de la dédier plutôt en l'honneur de ce grand Saint, que d'un autre, dont l'un des principaux pouvait être la demeure que l'on tenait par tradition qu'il avait faite en ce même lieu : cette même tradition est confirmée par une autre aussi ancienne, qui est que St. Fiacre fils d'Eugène IV, roi d'Écosse, étant secrètement sorti de son pays, par le même motif, et presque en même temps que St.-Josse, quitta la Bretagne, passa par la ville de Paris, s'y reposa et logea dans le même hôpital, et au même lieu, où depuis fût bâtie cette église paroissiale de St. Josse, Dieu ayant voulu que ces deux grands Saints fussent honorés ensemble en un même lieu, comme patrons et protecteurs, pour reconnaissance de la conformité de leur vie et de leurs vertus : car tous deux ont été fils de rois, tous deux ont quitté secrètement leur pays, pour se dédier plus parfaitement au service de Jésus-Christ : tous deux pour l'amour de ce même sauveur, et pour se conformer plus parfaitement à lui, ont refusé la royauté qui leur était offerte, et ont renoncé à toutes les grandeurs du monde ; et tous deux enfin ont mené une vie solitaire et retirée, en laquelle ils ont constamment persévéré jusques à leur mort, en la pratique des plus héroïques vertus.

Il est bien vrai que dans quelques-uns des siècles passés l'on a donné trop facile croyance à certaines traditions qui n'avaient pas même aucune probabilité: mais il faut aussi avouer qu'en ce siècle, il y a des esprits qui prennent trop de liberté de combattre ce que la tradition ancienne et commune nous enseigne, et qui voudraient exiger des preuves aussi convaincantes de cette tradition, comme s'il falfait juger en dernier ressort d'un fait, qui fut de la dernière importance au bien de la religion ou de l'état. L'une et l'autre de ces extrémités sont blâmables, et pour agir raisonnablement, il faut tenir le milieu. Et comme la prudence nous oblige d'examiner soigneusement si la tradition n'est point contraire à la vérité de l'histoire, aussi la piété veut que nous la respections, lors que son antiquité la rend vénérable et que d'ailleurs elle peut subsister avec ce qui est rapporté dans l'histoire, et qu'outre cela, on y trouve encore beaucoup d'apparence de vérité.

Saint Josse donc ayant demeuré quelque temps inconnu dans Paris, et voyant que Dieu l'appelait à une vie solitaire, s'achemina vers le Ponthieu, qui était alors un pays fort couvert et peu habité : et par conséquent fort propre à son dessein. Mais avant que de passer plus outre, il est à propos de faire quelques observations sur ce pays, pour donner plus d'éclaircissements à ce qui sera dit ci-après.

Le Ponthieu fait partie de la province de Picardie, et est situé le long de la mer Océane. Il ne comprend maintenant que 78 clochers, comptant Abbeville, qui en est la capitale, pour un seul. Mais anciennement il était de beaucoup plus grande étendue. Il est appelé en latin *Pontinium*, et en français *Ponthieu*, qui tire son origine, selon quelques auteurs, de la diction latine *Pontus*, qui signifie mer; comme qui dirait province maritime, située sur le bord de la mer. Mais Belleforêt prétend qu'il tire son nom d'un village situé dans le bailliage de Crécy appelé *Ponches*, et en latin *Pontiniacum*, qui est une des anciennes pairies de ce comté.

Sous la première race de nos rois, les gouverneurs ou lieutenants pour le roi au Ponthieu, aussi bien que dans la plupart des autres provinces de France, selon le sentiment de quelques auteurs étaient appelés indifféremment Ducs ou Comtes : quelques autres néanmoins observent qu'il y avait de la différence entre ces deux qualités, et disent que les ducs avaient la conduite des armées et l'intendance de la guerre, et les comtes celle de la justice. L'une et l'autre avaient cela de commun qu'elles n'étaient qu'à vie, et ne passaient point des pères aux enfants sans un nouvel ordre du roi. Mais depuis par succession de temps ces titres et qualités sont devenus héréditaires comme ils sont encore à présent.

Haymon seigneur de Ponches était duc ou plutôt comte de Ponthieu en la manière que nous venons d'expliquer, c'est-à-dire qu'il en était gouverneur pour le roi, lorsque Saint Josse y arriva : lequel ayant appris que ce seignenr possédait de grands biens en ce pays, et qu'il en faisait bonne part aux pauvres, pour lesquels il était très-charitable, fût d'abord en son château de Ponches, et s'adressant à lui, le supplia de lui permettre de se retirer en quelque endroit de ses terres, et d'y bâtir un petit hermitage, pour y mener une vie solitaire. Le comte Haymon le reçut fort humainement, et ayant remarqué sur le visage de ce jeune prince, quoique fort pauvrement vêtu, je ne sais quoi de grand et d'extrardinaire, et reconnu par son entretien qu'il y avait quelque excellente vertu cachée sous ce chétif extérieur, il lui promit de l'assister, et même de lui accorder ce qu'il demandait. Mais en attendant qu'on pût trouver un lieu propre pour l'exécution de son dessein, il voulut qu'il demeurât en son château, selon le pieux usage de ce temps-là, auquel l'hospitalité envers les pauvres était fort en pratique parmi les Chrétiens.

CHAPITRE VI.

Saint Josse, pendant sa demeure en la maison du comte Haymon, se dispose à la réception des saints Ordres.

La vertu, qui se trouve en la personne des Saints, répand je ne sais quelle odeur, qui embaume les lieux qu'ils habitent, et qui édifie ceux qui ont le bonheur de demeurer et de converser avec eux. Quoique Saint Josse retint sous un silence inviolable la condition de sa naissance et le sujet de son pélerinage, et que le comte Haymon n'en put rien découvrir; néanmoins son humilité, sa modestie et ses autres vertus gagnèrent tellement l'affection de ce seigneur, qu'il ne put le laisser sortir de sa maison, mais l'obligea par l'instance qu'il lui en fit, d'y passer quelques années, lui promettant d'ailleurs toute la liberté qu'il pourrait désirer pour vaquer à ses exercices. Saint Josse ne voulut pas mécontenter un tel hôte, duquel il avait reçu un si charitable accueil, et reconnut bien en cela une conduite particulière de la divine providence qui lui avait préparé cet hospice pour se disposer à recevoir plus commodément les saints Ordres, auxquels il s'était reconnu appelé dès sa plus tendre jeunesse, pour se dédier plus parfaitement au service de Jésus-Christ, et sachant bien ce qu'a dit un prophète, *que les lèvres du prêtre sont les dépositaires de la science, et que c'est de sa bouche que le peuple doit tirer les instructions nécessaires pour garder la loi de Dieu ;* il vit bien que ce n'était pas assez de vaquer à la prière, qui était son occupation plus ordinaire, mais qu'il fallait aussi joindre l'étude à l'oraison, pour achever d'acquérir les connaissances qui lui étaient nécessaires, afin de se rendre capable de servir utilement dans le ministère de l'Eglise, et comme ces exercices demandent le silence et la retraite, le Comte lui fit accommoder un petit logement dans un endroit de son château éloigné du bruit, où il se tenait habituellement retiré, et n'en sortait point sinon lorsque la charité du prochain, ou la condescendance aux pieux désirs de son bienfaiteur l'y obligeait.

Voilà donc quelle fut la première retraite de Saint Josse après sa sortie de son pays, et de la cour du Roi son frère, et le premier hospice que la providence paternelle de Dieu qui veille sur tous les besoins des siens, lui avait préparé. Mais qui pourra concevoir quels furent alors les pensées de son esprit et les mouvements de son cœur? quelles actions de grâces il offrit à Dieu de ce qu'il l'avait si miséricordieusement tiré de la terre d'Egypte et de la maison de servitude? quelle joie il ressentit en son âme voyant tous les liens du siècle rompus, et se trouvant affranchi de tous les engagements qui le pouvaient arrêter et l'empêcher de jouir de la liberté des enfants de Dieu? combien de fois tournant les yeux du côté de la Bretagne, et faisant comparaison du magnifique palais qu'il avait quitté, avec le petit taudis qui lui servait de retraite, il disait en son cœur avec le prophète roi : *j'ai plutôt choisi d'être abject en la maison du Seigneur, que d'habiter dans les tabernacles des pécheurs?* et quelles prières n'offrit-il pas à Dieu afin qu'il lui plût d'assister de ses lumières et de ses grâces le roi Judichael et tous ses autres frères, qu'il avait laissés engagés au milieu des orages et des tempêtes du siècle? mais enfin qui pourra expliquer combien ardents furent les désirs qu'il conçût dans son cœur de se dédier entièrement au service de Dieu, et de s'offrir à sa divine

Majesté, comme une hostie vivante pour procurer par tous les moyens qui lui seraient possibles qu'il fût de plus en plus honoré, obéi, aimé et glorifié en tous lieux, et par toutes sortes de personnes? Il n'y a que Dieu qui sache tout ce qui se passa dans le secret de cette première retraite, et quels furent les exercices des plus héroïques vertus que ce grand Saint pratiqua l'espace de sept ans qu'il y demeura, à la fin desquels il fut promu aux Ordres sacrés et reçut celui de la Prêtrise avec une abondance de grâces proportionnées à l'efficace du Sacrement, et à la perfection des dispositions qu'il y avait apportées.

L'estime que le comte Haymon avait conçue de sa vertu, croissant de plus en plus, vint à un tel point que Dieu lui ayant donné un fils incontinent après que notre Saint eut reçu l'Ordre de Prêtrise, il le choisit pour être son parrain, espérant que cette alliance spirituelle attirerait de nouvelles bénédictions sur sa famille, et engagerait Saint Josse à considérer et à aimer cet enfant comme son fils; et réciproquement porterait ce même enfant à reconnaître et imiter ce vertueux parrain comme son père spirituel. Et la chose réussit en effet comme il prétendait car ce fils qui fut appelé *Ursin*, aidé par les prières et animé par les exemples de Saint Josse, vécut dans une piété singulière : et même l'histoire des Comtes de Ponthieu nous apprend, qu'enfin il renonça à toutes les prétentions du siècle, et qu'il embrassa la vie religieuse pour se dédier plus parfaitement au service de Dieu.

CHAPITRE VII.

La retraite de Saint Josse dans un désert, ce qui lui arriva en son premier hermitage.

La voie des Justes (selon la parole d'un prophête) *est comme la lumière du jour, laquelle va toujours croissant jusqu'à ce qu'elle arrive à la parfaite clarté du midi.* Ce n'était assez à saint Josse d'avoir quitté un royaume, et de s'être fait pauvre pour suivre J.-Christ, et pour se conformer aux maximes de son Évangile; l'amour très-ardent qu'il avait pour ce divin Sauveur pressait incessamment son cœur, et le sollicitait de faire quelque chose davantage. Il lui semblait que sa demeure, quoiqu'en qualité de pauvre, dans le château du comte Haymon, ressentait encore quelque chose du monde. Il avait de la peine de ce qu'il ne souffrait pas autant que sa ferveur lui faisait désirer ; et le respect qu'on avait pour sa vertu et que l'on témoignait à sa personne, lui était un continuel supplice. C'est pourquoi croyant que Dieu demandait quelqu'autre chose de lui, il résolut de quitter cet hospice, et de se retirer en quelque lieu solitaire : où il pourrait d'autant plus parfaitement s'unir à cette souveraine Bonté qu'il se trouverait plus éloigné des créatures.

Il découvre donc sa pensée au Comte, lui représente que c'était le premier dessein que Dieu lui avait inspiré, comme il lui avait déclaré la première fois qu'il eût l'honneur de lui parler ; et partant il le supplie de lui en permettre l'exécution suivant la promesse qu'il avait eu la bonté de lui faire, l'assurant qu'il n'oublirait jamais les charitables assistances qu'il avait reçues en sa maison, dont il lui était très-étroitement obligé, et qu'il ne manquerait aucun jour de sa vie d'offrir ses prières à Dieu pour lui obtenir toutes sortes de grâces et de bénédictions. Ce vertueux Seigneur entendant saint Josse parler de la sorte, connut bien que c'était une résolution formée en son cœur de se retirer et d'ailleurs craignant de s'opposer aux volontés de Dieu, s'il apportait quelqu'obstacle ou retardement à cette retraite, non seulement il y consentît, mais même il voulut accompagner le Saint, et lui aider à trouver quelque lieu propre pour s'y établir; ayant donc marché quelque temps en sa compagnie au milieu des bois, ils arrivèrent à un petit désert appelé *Brahic*, lequel étant arrosé et environné des eaux de la petite rivière d'Authie, fut trouvé par saint Josse propre à son dessein : en sorte qu'y ayant fait accommoder une petite cellule ou hermitage et dressé un oratoire, pour célébrer la sainte messe, il y établit sa demeure. Ce fût là qu'il commença à goûter les douceurs de la vie solitaire, et reconnaître par sa propre expérience l'effet de ce que notre Seigneur a dit, *que celui qui aurait quitté ses parents et ses possessions et commodités pour son amour, recevrait le centuple dès cette vie, outre la gloire éternelle qui lui est préparée en l'autre :* Car il est vrai qu'une seule goutte de la rosée des consolations du Ciel, quand il plaît à Dieu de la verser dans un cœur, lui est cent fois plus douce est plus délectable que toutes les vaines joies et voluptés de la terre; la manne que Dieu fait dans les déserts lui est incomparablement plus savoureuse que tout ce que le monde peut avoir de délicieux : et il trouve que c'est un échange qui lui est fort avantageux, que de quitter quelques parcelles d'un bien temporel et passager, pour acquérir et posséder en Dieu, la source même de tous les biens et contentements éternels.

Comme saint Josse ne pouvait pas célébrer la sainte messe en ce lieu solitaire, sans quelque assistant, la bonté divine, qui pourvoit au moindre besoin des siens, lui en fournit un, ayant inspiré un jeune homme nommé *Vulmar* de se donner à lui par dévotion, tant pour lui aider dans son travail manuel, que pour se former à la vertu par ses exemples et sous sa conduite.

L'Abbé Florent, Oderic et quelques autres auteurs l'appellent son disciple : parceque saint Josse avait tant d'humilité, qu'il le considérait et traitait plutôt comme un compagnon de sa solitude, que comme un simple serviteur : et réciproquement Vulmar avait une si haute estime de la vertu de ce Saint qu'il le regardait et respectait tout ensemble comme son

Maître, son Directeur et son exemplaire, obéissant à ses ordres, se conduisant par ses avis et tâchant d'imiter ses vertus.

Sur quoi il est à propos de remarquer que saint Josse n'a jamais été abbé, c'est-à-dire Supérieur de religieux, comme prétend un auteur moderne, religieux de saint Benoît; premièrement, parce que l'abbé Florent et Oderic qui ont été religieux du même ordre ne lui donnent point la qualité d'abbé, mais simplement celle de confesseur : en second lieu, parce que ces anciens auteurs ne témoignent point qu'il ait eû aucun autre disciple que Vulmar : en troisième lieu, parce que même il ne disent pas que saint Josse ait été religieux, le représentant dans sa vie comme un simple prêtre, qui vivait dans la sollitude, et qui s'appliquait aux exercices de la vertu, sans faire profession d'aucune règle particulière, et sans être obligé à d'autres vœux qu'à ceux qui sont attachés au caractère et à la qualité de Prêtrise, Et il n'y a aucun lieu de douter que si ce grand Saint eut été religieux de leur ordre, ils n'eussent pas manqué de le déclarer en termes exprès. Nous omettons ici plusieurs autres raisons, qui pourraient confirmer ce que dessus, pour ne donner sujet de croire que nous voulions en aucune façon diminuer la gloire de ce grand Ordre, qui a donné à l'Église tant de saints et tant d'autres personnages illustres, non-seulement pour leur vertu, mais aussi pour leur doctrine, et pour les premières dignités et charges considérables qu'ils ont soutenues avec honneur et mérite ; ce que nous avons dit n'ayant d'autre but que de faire connaître la vérité comme tout historien est obligé de faire.

Saint Josse ne fut pas longtemps retiré de ce désert sans ressentir les attaques du diable, lequel envieux de son bonheur ne manqua pas de lui livrer plusieurs assauts : mais ce généreux soldat de Jésus-christ qui connaissait les ruses d'un tel adversaire, et qui savait bien quelles armes il fallait employer pour se défendre, demeurait toujours victorieux par les moyens du jeûne, de l'oraison, de la mortification, et des autres vertus ; et surtout par un soin très exact qu'il prenait de tenir son cœur purifié des moindres tâches qui pouvaient désagréer aux vœux de Dieu.

Et en effet, l'innocence de sa vie fut telle que par un privilège particulier, les oiseaux et autres animaux avaient pour lui le même respect et la même soumission qu'ils eussent eus envers tous les hommes s'ils fussent demeurés dans l'état de la justice originelle, et s'ils ne se fussent point départis de l'obéissance et de la soumission qu'ils devaient à Dieu.

Mais Dieu ne fit pas moins de merveilles en faveur de sa grande charité envers les pauvres, qu'il en avait fait en considération de son innocence : car un mandiant étant venu un jour demander l'aumône à la porte de son hermitage, il lui fit donner la quatrième partie d'un pain qui était toute sa provision. Bientôt après il en vint un second qui ne paraissait pas moins nécessiteux, auquel Saint Josse en fit donner autant qu'au premier. Celui-ci fut incontinent suivi d'un troisième auquel Saint Josse fit encore donner la moitié du demi-pain qui lui restait ; enfin il en parut un quatrième qui semblait plus indigent que tous les autres dont Saint Josse eut tant de compassion qu'il lui fit distribuer le dernier morceau de pain qu'il avait de reste. Cet excès de charité qui ravissait le ciel, donna sujet à Vulmar son disciple, de murmurer contre son vertueux maître, et le taxer d'indiscrétion et de manque de prévoyance, ne sachant où trouver ce qui était nécessaire pour leur commune nourriture. Mais il fut bien étonné lorsque peu de temps après il vit aborder sur la rivière quatre petites barques chargées de vivres, sans autre conduite que la providence de Dieu qui voulait faire voir combien il est libéral envers ceux qui le sont en son droit, c'est-à-dire envers les pauvres que Jésus-Christ a substitués à sa place, ayant témoigné qu'il tiendrait faire à lui-même ce que l'on ferait au moindre d'eux.

Saint Josse ayant fait connaître à Vulmar la faute qu'il avait commise, et lui ayant remontré combien il est avantageux de se confier en Dieu, lui fit décharger ce qui était dans ces barques, qui disparurent aussitôt, sans qu'on ait jamais pu savoir d'où elles étaient venues, ni où elles s'étaient retirées : et après avoir réservé ce qui était nécessaire pour leur petite subsistance, ils distribuèrent le reste aux pauvres des lieux circonvoisins.

CHAPTIRE VIII.

Saint Josse voulant fuir l'estime des hommes, change plusieurs fois de demeure dans le désert.

Les choses merveilleuses que Dieu opérait en faveur de Saint Josse étant sues, quoiqu'à son regret, attirèrent vers lui un si grand nombre de personnes de toutes sortes de conditions, qui venaient demander sa bénédiction, et se recommander à ses prières, que pour se délivrer des distractions que ce grand abord lui causait, et encore plus pour fuir les honneurs qu'on lui rendait, il se résolut de quitter son premier hermitage, et se retirer en quelque autre lieu plus écarté, où il fût moins connu. Il crut pourtant ne devoir faire ce changement sans en conférer avec le comte Haymon qui le venait souvent visiter, afin qu'il n'y apportât aucun obstacle. Lui ayant donc déclaré son dessein, il l'approuva et même lui offrit son assistance pour en rendre l'exécution plus facile, et à cet effet, il le mena en un autre lieu encore plus solitaire et écarté, appelé *Rimach*, sur les bords de la petite rivière de *Canche*, où le Saint se bâtit lui-même un second hermitage, avec un petit oratoire qu'il dédia à Saint Martin archevêque de Tours.

Mais avant d'aller plus loin, il ne sera pas hors de propos de voir ce qu'est devenu ce premier hermitage qui avait été honoré de la demeure et des miracles de notre Saint. L'histoire ecclésiastique du Ponthieu nous apprend qu'anciennement on le nommait l'Oratoire de Saint Josse, et que depuis il a été rendu recommandable par l'*Abbaye de Saint Josse au Bois*, de l'ordre de Prémontré, que Guillaume Taluas comte de Ponthieu y fonda l'an 1120 du temps de Saint Norbert, archevêque de Magdebourg, instituteur de cet Ordre, lequel y établit pour premier Abbé ou Supérieur le bienheureux Millaut, depuis évêque de Thérouane, auquel succéda le vénérable Adam environ l'an 1131, qui transféra cette Abbaye au village de Dammartin situé sur la rivière d'Authie, duquel lieu elle a pris depuis le nom, étant ordinairement appelée l'Abbaye de Dammartin, qui était une des plus considérables de tout le Ponthieu. Les grands bâtiments de cette belle Abbaye, que les hérétiques avaient presque tous ruinés et brûlés pendant les guerres civiles, avaient été entièrement réparés par le soin et la piété des abbés qui étaient venus peu après : mais en l'année 1638, ils furent pour une seconde fois ruinés et abattus pendant la guerre entre les deux Couronnes de France et d'Espagne. Et quant à cette solitude si recommandable par la demeure de Saint Josse, et la construction de cette première Abbaye, il n'y reste plus rien maintenant qu'une ferme appelée *la Cense de Saint Josse* qui dépend de cette Abbaye de Dammartin.

Revenons maintenant à notre Saint, lequel dans son second hermitage continua les mêmes exercices de vertu qu'il avait pratiqués dans le premier; mais toujours avec plus de ferveur : Et le diable de son côté ne manqua pas de le traverser et de lui livrer plusieurs combats, dont le Saint fortifié par le secours du ciel demeurait toujours victorieux : ce qui attirait sur lui de nouvelles grâces qui se manifestaient au dehors, quoique contre sa volonté, par les œuvres miraculeuses que Dieu opérait en sa faveur : de sorte qu'il semblait que plus Saint Josse s'efforçait de se cacher et d'être inconnu aux hommes, plus Dieu se plaisait de le manifester.

C'est en ce lieu-là, que faisant le signe de la croix, il fit tomber raide mort un aigle qui venait fondre sur un coq qu'il nourrissait, pour régler par son chant, ses prières et ses veilles pendant la nuit.

On rapporte aussi qu'un jour il fut piqué au pied par un serpent très-vénimeux, sans en avoir pourtant reçu autre incommodité que la douleur, qui lui fit connaître son mal, et en même temps la protection de Dieu sur lui.

Il fit quantité d'autres merveilles qui rendirent bientôt cette seconde solitude aussi fréquentée que la première : de sorte que ce Saint, qui avait autant d'amour pour l'oraison, le silence et la retraite, que d'adversion et de mépris pour l'estime du monde, se résolut de la quitter, et de choisir un lieu encore plus écarté du commerce des hommes, aimant mieux être moins constant dans le choix des lieux, pour l'être davantage dans la résolution qu'il avait prise de renoncer parfaitement au monde et à toutes ses vanités.

Dans ce dessein il entre plus avant dans les bois, et il cherche dans les lieux les plus écartés, quelque solitude où il puisse être moins aperçu des hommes, pour avoir plus de loisir de s'appliquer à la considération des grandeurs de Dieu, lequel guidant ses pas aussi bien que ses affections et ses pensées, le conduisit fort à propos en un endroit où était le comte Haymon tellement altéré et fatigué du travail de la chasse, qu'il avait été obligé de descendre de cheval, et de se coucher sur la terre, à cause de la faiblesse qu'il ressentait. Saint Josse le voyant en cet état, dans un lieu si écarté et si aride, qu'il n'était pas possible d'y trouver aucun rafraîchissement, élève son cœur et ses yeux vers le ciel, pour implorer son secours en cette nécessité, et plein de foi et de confiance il frappe la terre de son bâton, et en fait miraculeusement sortir deux fontaines, ou plutôt une seule qui s'écoula par deux issues différentes : dont l'une servit (comme l'on tient) à étancher la soif du Comte et de ceux de sa suite, et l'autre pour abreuver ses chiens, qui n'étaient pas moins altérés : et de-là est venu que la première est appelée *la Fontaine aux Chrétiens*, et la seconde *la Fontaine aux Chiens*.

Ce miracle a rendu ce lieu fort célèbre et fort fréquenté par plusieurs personnes qui y viennent par dévotion invoquer le

Saint, et boire de ses eaux, de la vertu desquelles elles se convainquent souvent par la guérison qu'elles reçoivent de leurs maladies. Au-dessus de la première fontaine qui est maintenant un peu enfoncée en terre et couverte d'une petite voûte, il y a une fort belle chapelle très-bien voûtée, de cinquante pieds de long, dédiée en l'honneur de saint Laurent, et qui paraît avoir été construite par un abbé de la maison de Croy qui a fait bâtir plusieurs autres édifices, qui rendent encore témoignage de sa piété, comme la nef de l'église abbatiale, la chapelle de Saint Josse, l'église paroissiale de saint Pierre, et celle du village de Marconnelle, proche de la ville d'Hesdin, et encore celle de Gouy au pays d'Artois. Tout auprès de cette chapelle de saint Laurent, paraît encore la seconde fontaine appelée *la Fontaine aux Chiens*, dont les eaux ne sont pas moins salutaires que celles de la première.

Ce nouveau miracle augmenta le désir que saint Josse avait de se cacher à la vue des hommes : c'est pourquoi sans perdre le temps, il continua de chercher dans ces forêts un lieu propre à son dessein, étant accompagné du comte Haymon, qui voulut être de la partie, menant seulement avec lui quelques domestiques auxquels il avait plus de confiance : et à peine eurent-ils fait ensemble un petit quart de lieu en tirant du côté de la mer, qu'ils rencontrèrent un vallon solitaire et ombragé de plusieurs arbres, qui était arrosé d'un petit ruisseau, lequel par le doux murmure de ses eaux rendait ce lieu propre au recueillement et au silence. Saint Josse choisit ce petit désert pour sa demeure, et par un esprit prophétique il prédit qu'il y finirait ses jours, et que son corps y reposerait durant plusieurs siècles, disant à son abord, ces paroles du Psalmiste : *Hæc requies mea in sæculum sæculi.* Et l'on voit encore aujourd'hui l'accomplissement de cette parole, puisqu'il y a plus de mille ans que son corps est conservé en ce lieu, nonobstant le ravage que les guerres ont souvent causé dans tous les lieux circonvoisins, et la négligence de ceux qui en devaient prendre soin, laquelle a été telle que cette précieuse relique n'a pu être conservée sans quelque sorte de miracle, et sans une spéciale protection de Dieu, comme il se verra en la suite de ce livre.

Saint Josse édifia en ce lieu un troisième hermitage, et y dressa de ses propres mains deux oratoires, avec des pièces de bois, dont il dédia l'un en l'honneur de St. Pierre, l'autre en l'honneur de St. Paul, qu'il prit pour ses deux patrons, auxquels il avait une dévotion toute particulière.

Pour ce qui est du second hermitage, quoique dans les siècles passés il y ait sujet de croire qu'il en restait quelque vestige, qui était honoré par la dévotion du peuple, néanmoins à présent l'on ignore le lieu et l'endroit où il était bâti, et il n'en paraît plus aucune marque sur les bords de la rivière de Canche.

CHAPITRE IX.

Saint Josse va en pèlerinage visiter les saints Lieux de Rome, et se présente au Saint Pape Martin premier du nom, duquel il est fort bien reçu.

C'était une pratique de piété assez fréquente dans les premiers siècles du Christianisme, que d'entreprendre des pèlerinages pour visiter les lieux qui avaient été sanctifiés par le sang des Martyrs, ou par l'accomplissement de quelques-uns des mystères de notre Foi. L'histoire ecclésiastique est toute remplie d'exemples des voyages de dévotion que l'on faisait à Jérusalem, où l'on voyait aborder de tous côtés des personnes de toutes sortes de conditions, qui venaient honorer la terre, laquelle avait été consacrée par la présence, et par les souffrances du Fils de Dieu. Après la ville de Jèrusalem, celle de Rome a été l'objet le plus universel de la dévotion de tous les peuples fidèles. Les actes des Martyrs nous font voir un grand nombre de Saints qui, étant venus des provinces les plus éloignées, en cette ville-là, pour visiter les sépulcres des saints Apôtres, et des autres Martyrs, sont eux-mêmes devenus Martyrs, ayant exposé courageusement leur vie, et souffert la mort pour la confession du nom de Jésus-Christ.

St. Josse avait demeuré environ deux ans dans son troisième hermitage, lorsque pressentant en lui-même qu'il ne lui en restait guères davantage à vivre sur la terre: il fut intérieurement inspiré d'entreprendre le voyage de Rome pour rendre avant que de mourir, ce dèvoir de religion à Jésus-Christ, en l'honneur de ses Apôtres, et de recevoir la bénédiction de celui qui occupait alors le Siège apostolique, des vertus et de la sainteté duquel il avait entendu parler. C'était le Pape Martin premier du nom, auquel Jesus-Christ avait confié la conduite de son Eglise en un temps fort difficile, qui requérait autant de courage et de force que de prudence et discrétion en la personne de celui qui en tenait le gouvernail. Il y avait en ce temps-là une hérésie pernicieuse, appelée le *Monothélisme*, laquelle étant fortifiée de l'appui et de l'autorité de l'Empereur Constance qui s'était ouvertement déclaré pour ceux qui la soutenait, faisait d'étranges ravages dans l'Église : et ces Hérétiques étaient venus jusqu'à un tel excès d'insolence et de furie, que d'attenter sur la personne sacrée de ce saint Pape, parcequ'il s'était constamment opposé à leurs mauvais desseins, comme il sera plus amplement expliqué ci-après quand nous examinerons plus en particulier le temps de ce pélerinage.

Les grâces que Dieu communique à ses Saints, opèrent en eux une certaine sympathie et correspondance, qui est telle que sans s'être jamais vus, ils se connaissent, comme il est arrivé à plusieurs, et leurs cœurs se trouvent intérieurement unis par une sainte affection réciproque, sans qu'ils aient rien fait qui ait contribué à cette union. Aussitôt que saint Josse fut arrivé à Rome, il s'alla jeter aux pieds du souverain Pontife Martin, pour recevoir sa bénédiction; et ce saint Pape n'eut pas plutôt jeté les yeux sur ce nouveau pélerin, qu'il se sentit porté à l'aimer, et saint Josse réciproquement, fut touché d'un sentiment particulier de respect et d'amour envers ce vénérable Pontife, qu'il considérait non-seulement comme le Vicaire de Jésus-Christ sur la terre, mais encore comme un Martyr désigné, qui avait déjà exposé sa vie, et devait bientôt la consommer pour la confession de sa vérité et pour la défense de son Eglise.

Ces deux Saints eurent plusieurs colloques ensemble, et un ancien auteur remarque que ce saint Pape reçut tant de consolations dans les entretiens de ce nouveau pélerin, qu'il avait peine à se séparer de lui. Et néanmoins reconnaissant la volonté de Dieu qui le rappelait en sa solitude, pour y achever sa course, il lui donna sa bénédiction; et pour un témoignage de l'estime qu'il faisait de sa vertu, et de l'affection toute sainte qu'il portait à sa personne, il lui fit présent d'une petite cassette faite en forme de châsse, qu'il avait lui-même remplie de reliques des Saints; saint Josse reçut ce précieux reliquaire avec beaucoup de joie, et le conserva bien chèrement pendant toute sa vie, non-seulement à raison des saintes reliques qu'il contenait, mais aussi par la considération de l'éminente dignité et des grands mérites de la personne qui lui avait donné : et pour une marque de l'estime toute singulière qu'il en faisait, il le voulut porter lui-même durant tout son voyage; et pour le pouvoir faire plus commodément, il se servit d'une écharpe qui est encore gardée avec grande vénération : d'où est provenu que l'on dépeint ordinairement Saint Josse en habit de pélerin, ayant un bourdon à la main, et deux clefs croisées sur son chapeau, comme pour marque qu'il avait fait le voyage de Rome; et portant une écharpe, au bas de laquelle il a une espèce de sac où il mettait ce précieux reliquaire. Ce qu'on a ici remarqué en passant, pour corriger l'erreur de quelques peintres, lesquels peu instruits de la vie de ce saint, le dépeignent avec une sorte de baudrier et une escarcelle au bas, dans laquelle il met la main, ce qui est contraire non-seulement à la bienséance, mais aussi à la vérité de l'histoire.

Quelques-uns ont pensé que dans cette cassette il y avait des reliques de saint Pierre et de saint Paul; mais les plus graves auteurs qui ont écrit la vie de ce Saint, n'en ont rien dit : et en effet cela n'est pas vraisemblable, parceque de tout temps on a été fort religieux à ne point toucher aux reliques de ces saints Apôtres, comme le témoigne saint Grégoire Pape, dans une lettre qu'il écrivit environ cinquante-six ans avant que Saint Josse fût à Rome, à Constantine, femme de l'empereur Maurice, qui lui demandait quelques reliques de saint Paul, pour mettre dans l'église qu'elle avait fait bâtir en son honneur; où il dit entr'autres choses, qu'il se faisait de si grands miracles aux sépulcres de Saint Pierre et Saint Paul, et qu'il s'y passait des choses si extraordinaires, que les Fidèles même n'en approchaient jamais sans crainte et tremblement pour y faire leurs prières. C'est pourquoi il y a plus grande raison de dire que ce saint Pape mit dans cette cassette les reliques des corps de quelques autres saints Martyrs, dont il y en a une très-grande quantité dans les catacombes de Rome, que les souverains Pontifes ont coutume de distribuer libéralement selon la dévotion de ceux qui les vont visiter et qui témoignent en désirer, pour leur rendre une vénération particulière.

CHAPITRE X.

Le retour de Saint Josse en Ponthieu, la réception qui lui fut faite, et un signalé miracle que Dieu opéra par son moyen.

Saint Josse étant sorti de Rome et ayant pris son chemin vers la France, eut quelque pensée de ne point retourner au Ponthieu, mais d'aller achever sa vie en quelque lieu inconnu. Ayant néanmoins considéré que ce qu'il avait tâché de faire jusqu'alors, et tous les soins qu'il avait pris pour se retirer du commerce des hommes lui avaient été inutiles; il crut que ce serait en quelque façon s'opposer aux desseins de Dieu sur lui, que d'en vouloir faire davantage; et partant il résolut de retourner en son hermitage, et d'y passer le reste de ses jours, s'abandonnant pour tout le reste à la providence de Dieu, pour disposer de lui en la manière qu'il jugerait la plus convenable pour sa gloire : en quoi même il suivit, selon ce que rapporte un ancien auteur, le conseil que lui avait donné le saint pape Martin, auquel comme son vrai père il avait découvert tous les secrets de son cœur, pour se conduire selon les avis qu'il lui donnerait.

Etant donc en chemin, il jugea à propos de faire savoir son retour au comte Haymon, ensemble le bon accueil que ce saint Pape lui avait fait, et le riche trésor dont il l'avait chargé, croyant que cette nouvelle ne serait pas désagréable à ce vertueux seigneur, lequel l'ayant reçue, fit promptement achever le bâtiment d'une belle chapelle qu'il avait fait construire à la place des deux petits oratoires de bois que Saint Josse avait dressés dans son troisième hermitage, et ensuite fit disposer toutes choses pour recevoir ces saintes reliques, avec toute la solennité possible.

Cette nouvelle du retour de notre saint pélerin se répandit bientôt dans tout le pays de Ponthieu, et remplit d'une double joie toutes les personnes qui avaient quelque affection pour la piété, entr'autres une jeune demoiselle nommée *Juliule*, fille du seigneur d'Airon, laquelle était non-seulement aveugle de naissance, mais était entièrement privée de l'organe des yeux, ayant su le retour de Saint Josse pria son père de la faire conduire en un lieu par lequel il devait passer; espérant que par ses mérites, et par les intercessions des saints dont il portait les reliques, elle pourrait obtenir, ce que la nature lui avait refusé. Ce gentilhomme pressé par les prières de sa fille, la mena au devant de Saint Josse, qu'il rencontra au-dessus du village d'Airon, sur une petite montagne vulgairement appelée *Bavémont*, distante environ d'une lieue de son troisième hermitage. Cette jeune demoiselle l'ayant abordé, se jeta à ses pieds implorant son assistance, et le suppliant d'avoir pitié de l'état misérable où il la voyait réduite : et Saint Josse en étant touché de compassion, éleva ses yeux et son cœur vers Dieu, pour demander qu'il lui plût rendre la vue à cette pauvre jeune demoiselle par l'intercession des saints dont il portait les reliques, lesquelles il lui appliqua sur son visage, et en toucha l'endroit où elle eût dû avoir les yeux, et au même instant (chose admirable) deux yeux se formèrent sur le visage de cette demoiselle, avec lesquels elle commença de voir avec autant de facilité et de clarté comme si elle n'eût jamais été privée de ces organes. Ce miracle arriva en la présence d'un très grand nombre de personnes, qui en furent témoins, et qui commencèrent avec cette demoiselle de bénir Dieu, et chanter ses louanges en reconnaissance du signalé bienfait qu'elle venait de recevoir de sa bonté, par l'entremise de son fidèle serviteur, et des saints dont elle avait touché les reliques.

Il est vrai que tous les auteurs qui ont écrit de ce miracle ne conviennent pas de la manière qu'il fut fait. Quelques-uns disent que cette jeune demoiselle fut guérie en frottant la place de ses yeux avec de l'eau dans laquelle saint Josse s'était lavé les mains. D'autres disent que ce fut avec de l'eau dans laquelle saint Josse avait trempé quelques-unes des reliques qu'il portait. Mais, de quelque façon que cela soit arrivé tous demeurèrent d'accord, et il est constant que par l'entremise de ce saint, il se fit un grand miracle en la personne de cette jeune fille : pour conserver la mémoire duquel l'on planta une grande croix au même lieu où il s'était fait, qui fut depuis fréquenté par un grand concours de personnes qui venaient y faire leurs prières. Mais comme l'on vit par succession de temps que les pélerins étaient fort incommodés à cause qu'il n'y avait en ce lieu aucune retraite pour se mettre à l'abri des injures de l'air : l'on s'avisa de transporter cette croix auprès du troisième hermitage. Le souvenir toutefois de ce miracle n'a pu être éteint par la suite des années, et la dévotion des fidèles a toujours continué envers ce lieu de *Bavémont* où il a été fait; en sorte que pour favoriser cette dévotion les religieux de l'abbaye de saint Josse, ont accoutumé d'y aller tous les ans en procession le mercredi des quatre-temps de la Pentecôte, de porter solennellement jusques en ce lieu, la châsse de ce grand Saint, où ils sont ordinairement suivis d'une multitude incroyable de peuple, qui y accourt de tous côtés, et témoigne par cette action de piété sa dévotion vers saint Josse : et pour ce sujet le chemin qui conduit de l'abbaye à cette montagne de Bavémont, s'appelle communément le chemin du Corps-Saint.

Or, ensuite de ce miracle fait en la personne de cette jeune demoiselle, saint Josse continuant d'aller vers son hermitage fut rencontré par un fort beau clergé suivi du comte Haymon, de plusieurs gentilshommes et de quantité de peuples qui l'accompagnaient en fort bel ordre, et avec beaucoup de dévotion jusqu'à la chapelle nouvellement bâtie par la libéralité de ce Comte, où saint Josse remit le sacré dépôt qu'il portait, avec toute la solennité convenable à une si sainte action.

Les bois des environs de cette Chapelle furent ensuite abattus pour en rendre l'abord plus facile à ceux qui viendraient y faire leurs prières, et la demeure plus commode et plus saine aux autres qui y demeureraient pour la desservir : et peu de temps après elle fut dédiée sous l'invocation de saint Martin archevêque de Tours, en mémoire du Pape Martin : et ensuite richement dotée par la libéralité de ce comte.

Ce précieux reliquaire donné par le Pape à Saint Josse, et l'écharpe qui lui servit à le porter pendant son voyage, ont été gardés en cette chapelle ou église, jusques en l'année 1614, que l'abbé de Dammartin ayant été commis par l'évêque d'Amiens pour remettre les reliques de saint Josse, dans l'ancienne châsse d'où elles avaient été tirées pour la raccommoder, comme il le fallait faire, s'en saisit sous certains prétextes, et les transporta en l'abbaye de Dammartin, ayant seulement laissé quelques morceaux de l'écharpe en cette église.

CHAPITRE XI.

L'apparition miraculeuse d'une main qui bénit Saint Josse pendant qu'il célébrait la messe, et son bienheureux trépas.

Quand les étoiles sont près de leur couchant, elles paraissent ordinairement plus lumineuses et plus brillantes, et quand les Saints approchent de leur bienheureux trépas, leur vertu prenant son dernier accroissement, devient plus éclatante. C'est ce qui fut remarqué en notre Saint, après son retour en sa chère solitude, où s'appliquant avec un surcroît d'amour et de fidélité à ses exercices ordinaires, il recevait aussi de nouveaux accroissements de grâces, qui ne se pouvant contenir au dedans de son cœur, et se produisant au dehors par la faveur de son zèle, augmentaient de plus en plus l'estime qu'on avait conçue de sa sainteté.

Il est bien vrai que ceux qui nous ont

laissé par écrit l'histoire de sa vie, ne disent rien de ce qu'il a fait en son troisième hermitage, depuis son retour de Rome, mais il ne s'en faut pas étonner, puisqu'il y a sujet de croire que ces auteurs ont pensé qu'ils en disaient assez, en rapportant l'éloge que Dieu même a voulu faire de son Saint, et le témoignage authentique qu'il a voulu rendre de sa vertu : voici comment la chose s'est passée.

Saint Josse célébrant un jour la sainte messe dans la chapelle de saint Martin, (on tient par tradition que ce fut le onzième jour du mois de juin) en présence du comte Haymon, et de quantité de personnes, lorsque ce Saint fut au point de la consécration, tous les assistants virent paraître visiblement une main toute brillante de lumière, au-dessus de la tête du Saint, laquelle bénissait l'oblation, et celui qui l'offrait, et en même temps ils entendirent une voix qui disait ces paroles : *Parceque tu as méprisé les richesses de la terre et que tu as refusé la dignité royale qui t'était offerte, et renoncé à toutes les grandeurs du monde pour vivre pauvre et méprisé dans une terre déserte, éloignée de toutes commodités, pour l'amour de moi : je t'ai préparé une couronne dans le ciel, en la compagnie des anges : et je prendrai sous ma protection cette église qui sera le lieu de ta sépulture : et je ferai part de mes grâces et de mes bienfaits à ceux qui en mémoire de toi viendront visiter ce lieu, et y faire leurs prières avec une pure intention et sincère dévotion.* Que si selon ce qu'a dit un Ancien, c'est une grande louange que celle qu'on reçoit d'une personne qui mérite elle-même d'être louée, quel honneur est-ce pour saint Josse que d'avoir été loué et estimé de Dieu même qui est au-dessus de toute louange? et après un si glorieux témoignage que ce souverain Seigneur, qui ne peut ni flatter ni se tromper, a voulu rendre de son fidèle serviteur, quelle estime assez haute peut-on concevoir de sa sainteté; et quelle vénération peut-on lui rendre, qui correspondent à la grandeur de son mérite? mais avec quelle confiance ne doit-on point recourir à ses intercessions, puisque Dieu qui est véritable en ses paroles, promet ses bénédictions et ses grâces à ceux qui se mettront sous sa protection, et qui imploreront son assistance, pourvu qu'ils le fassent avec les dispositions requises.

Ces apparition et bénédiction miraculeuses ont été reconnues de tout temps comme une faveur de Dieu si extraordinaire, que jusqu'à présent l'on en a tous les ans solennisé la mémoire et la fête le onzième de juin qu'elle arriva en cette même église, que l'on a toujours depuis ce temps-là respectée comme un lieu miraculeusement béni de Dieu.

Il y a grand sujet de croire que cette promesse si solennelle d'un bonheur si éternel et si prochain combla de joie le cœur de saint Josse, lequel depuis ce temps ne faisait plus que soupirer après la possession d'un bien qui lui était si désirable, et disait souvent avec le saint Apôtre; *Cupio disolvi, et esse cum Christo*, je désire être détaché de ce corps pour aller demeurer avec Jésus-Christ. Et tant s'en faut qu'il se relachât en aucune façon dans ses exercices de piété, se voyant presque arrivé au terme de ses espérances; qu'aù contraire plus il en approchait, et plus il augmentait sa ferveur : mettant en pratique la parole de l'Apôtre, *bonum autem facientes non deficiamus : tempore enim suo metemus non deficientes, ergo dùm tempus habemus operemur bonum*, ne cessons point de bien faire, puisque la récompense qui nous est préparée ne doit jamais cesser ; et pendant que nous avons le temps, ne perdons pas une si belle occasion d'accroître notre gloire, en augmentant notre mérite; et pour cela persévérons sans relâche dans la pratique de la vertu. Suivant cet avis, saint Josse voyant qu'il lui restait peu de temps à vivre, et voulant le bien ménager, anime son cœur d'une nouvelle charité, prolonge ses oraisons, redouble ses mortifications, célèbre la sainte messe avec une plus grande dévotion, et prend plus de soin de bien faire toutes ses actions ordinaires : et ainsi marchant de vertu en vertu, et montant de mérite en mérite, il parvint enfin au terme de sa vie, ou plutôt au commencement de son bonheur. Ce fût le 13 de décembre qu'il quitta la terre pour aller prendre possession du Ciel, et c'est en ce même jour que l'Eglise célèbre sa mémoire. Les auteurs ne sont point d'accord de l'année en laquelle arriva son décès, quelques-uns disent que ce fût l'an 651, d'autres le mettent en l'année 654, d'autres l'an 660. L'opinion toutefois la plus probable et la plus commune, est celle de Sigibert, religieux de St. Benoît, et du Cardinal Baronius qui mettent son décès en l'année 653, d'où il s'ensuit que ce bienheureux Saint avait environ 60 ans lorsqu'il mourût.

Or ce qui est digne de remarque, et que nous ne devons pas ici omettre, est qu'au même temps que saint Josse eût rendu son esprit à Dieu, le lieu où il était fut rempli d'une lumière extraordinaire, et parfumé d'une odeur toute céleste qui remplit l'assistance d'admiration, et lui donna sujet de penser que l'une et l'autre avaient été causées par l'arrivée de quelques esprits célestes qui étaient venus en ce lieu pour recevoir l'âme bienheureuse de ce Saint, au sortir de son corps, et l'accompagner comme en triomphe dans le séjour de la gloire.

CHAPITRE XII.

La conservation miraculeuse du corps de St Josse l'espace de 40 ans, et ce qui arriva ensuite.

Le corps de ce bienheureux Saint ayant demeuré quelque temps exposé en l'église de saint Martin, à la vue du peuple qui était accouru de tous côtés, fut mis dans un cercueil, et déposé dans la chapelle ou sacristie de ladite église, où il fut soigneusement gardé l'espace de quarante ans, pendant lesquels il demeura aussi entier et aussi beau que s'il eût été plein de vie.

Quelques années après la mort de ce saint, deux de ses neveux, fils du roi Judichael, son frère, qui se nommaient Arnoc et Uvinoc, animés par les beaux exemples, tant de leur père que de leur saint oncle, se résolurent d'abandonner le monde et de vivre dans la solitude et retraite, et ayant pour ce dessein quitté la Bretagne, vinrent demeurer en l'hermitage de saint Josse leur oncle, espérant que le lieu qu'il avait sanctifié par tant de belles actions, et particulièrement que la présence de son saint corps, leur seraient un puissant motif pour les porter à l'imitation de ses vertus, et un moyen pour attirer sur eux les grâces nécessaires pour bien réussir dans une si généreuse entreprise. La qualité qu'ils portaient, de neveux de ce Saint, leur procura un accueil extrêmement favorable, et fut cause qu'incontinent après leur arrivée on leur confia les clefs du lieu et du cercueil où le saint Corps était enfermé, comme aussi le soin de le visiter de temps en temps, ce qu'ils firent avec beaucoup d'affection et d'assiduité pendant plusieurs années.

Le comte Haymon ne survécut pas

longtemps après saint Josse, et la mort qui les avait séparés pour quelques années, les réunit pour jamais dans le Ciel, où ce vertueux Seigneur alla recevoir la récompense qu'il avait méritée par ses belles actions, et surtout par les grandes charités qu'il avait exercées envers les pauvres. L'histoire des comtes de Ponthieu lui donne la qualité de bienheureux, et l'on conserve encore à présent dans l'abbaye de Dammartin une partie notable de son chef comme une précieuse relique.

Il eut pour successeur au gouvernement de Ponthieu, un sien neveu: nommé Uvalbert, fils du comte d'Hagnerie, et frère de S. Pharon, lequel marchant sur les vestiges de son oncle, mena une vie fort vertueuse; et ayant contracté une amitié particulière avec saint Bertin, abbé de Sithieu, il le choisit pour être le parrain de son fils, il profita si bien des bons avis que lui donna ce saint Abbé, que sa femme étant morte, il quitta le monde, et se rendit religieux avec son fils, dans son abbaye, où ses excellentes vertus l'ayant quelques années après fait élire évêque de Meaux, il s'acquitta si dignement de cette charge pastorale, à laquelle S. Pharon son frère lui succéda, qu'après sa mort il a été reconnu et honoré pour Saint, par toute l'Eglise.

Mais celui qui eut après lui le gouvernement de Ponthieu, ne suivit pas l'exemple qu'il lui avait montré et mena une vie fort différente de la sienne. Il se nommait Doctric, et ayant été pourvu de ce gouvernement environ l'an 699. Quelques quarante ans après la mort de St. Josse, comme il entendit parler de cette conservation miraculeuse de son corps, il s'en moqua, et s'imaginant que c'était une imposture, poussé d'une curiosité présomptueuse, il voulut lui-même s'en éclaircir par ses propres yeux : dans ce dessein il s'en alla en l'église de St. Martin, accompagné de quelques soldats, et sans déclarer son intention aux deux neveux de ce saint, il se fit ouvrir la chapelle où était gardé son cercueil, lequel il fit rompre aussitôt avec irrévérence et mépris, accompagnant cette violence et cet attentat de quelques paroles de raillerie, contre l'honneur du saint, et la fidélité de ceux qui avaient le soin de ces précieuses reliques.

Mais il fut bientôt puni de son crime, car en même temps qu'il aperçut ce saint corps en l'état qu'on lui avait déclaré qu'il était, il tomba par terre comme tout furieux, souffrant de cruelles douleurs et d'étranges convulsions, et fut emporté en cet état par ses gens en sa maison. Sa femme qui était une dame fort vertueuse fut bien surprise de le voir réduit en un tel point, et encore plus lorsqu'elle en eût appris la cause : et ayant donné tout l'ordre nécessaire pour les soulagements humains qui n'eurent pourtant aucun effet, elle s'en alla en l'Église de St. Martin, et se prosterna devant les reliques de St. Josse, pour lui demander la guérison de son mari. Sa prière ne fut pas inutile, car en effet il reçut un notable soulagement, mais néanmoins en punition de son crime il demeura perclus de tous ses membres le reste de sa vie, pour servir d'exemple à tous les libertins, qui se raillent des choses les plus saintes et qui ne veulent croire que ce qui tombe sous la connaissance de leur sens. Depuis, cette bonne dame qui avait un véritable amour pour son mari, ne discontinua pas d'invoquer pour lui saint Josse, et fit plusieurs grandes aumônes à la même église, et entr'autres choses lui donna deux terres qui lui appartenaient en propre, pour obliger davantage ce grand Saint d'impétrer par ses intercessions la véritable conversion de ce cher mari.

Quelques temps après ce funeste accident le corps de saint Josse s'étant réduit en poudre par une permission de Dieu, que nous devons plutôt adorer qu'examiner, ses neveux Arnoc et Uvinoc mirent ensemble la tète et les ossements dans une caisse, sur laquelle ils attachèrent trois lames de plomb, où étaient gravées quelques inscriptions, pour donner à connaître de qui étaient ces reliques. Et ayant ramassé la poudre et toutes les autres petites parcelles qui étaient dans ce cercueil, ils les mirent à part dans une autre petite caisse : et pour ôter à l'avenir toute occasion aux impies de les profaner, et aux infidèles de les soustraire, ils entérèrent la grande caisse au côté droit du grand autel, et enfermèrent la petite dans le corps du gros mur de l'église : ce qu'ils firent si secrètement qu'ils n'y avait qu'eux seuls qui en eussent connaissance. Et néanmoins avant leur mort, qui arriva sur le commencement du septième siècle, pour empêcher qu'une si précieuse relique ne fût entièrement mise en oubli, ils déclarèrent à une personne de confiance le lieu où ils l'avaient déposée, lui faisant promettre de ne le découvrir qu'autant que la gloire de Dieu et l'honneur du saint le pourraient requérir : et quoique cette connaissance passât ainsi secrètement de l'un à l'autre pendant quelques années, il arriva enfin par succession de temps, qu'elle se perdit entièrement : ceux qui étaient les dépositaires de ce secret ayant été ou surpris par la mort avant que de le déclarer ou écartés par les guerres : de sorte qu'il n'y avait personne qui sût précisément le lieu où reposaient ces saintes reliques, quoique l'on tint par tradition qu'elles étaient dans l'enceinte de l'église, où quantité de Pélerins venaient de toutes parts pour implorer l'assistance de ce grand Saint. Mais Dieu qui ne voulait pas que celui qui s'était voulu cacher, et rendre inconnu pendant sa vie, le fût encore après sa mort, le manifesta en la manière que nous allons voir au chapitre suivant.

CHAPITRE XIII.

L'invention miraculeuse du corps de St. Josse, et la translation de ses reliques faites en divers temps.

Comme les corps des saints ont été

sur la terre les organes et les temples du saint-Esprit, et qu'étant un jour ressuscités ils doivent être glorifiés dans le ciel : Dieu veut aussi que leurs cendres soient en vénération dans son église, et que les fidèles rendent un honneur et un culte religieux à leurs reliques. Et pour cela, lorsque par la suite des années, ou par quelque refroidissement de dévotion, ou autres semblables causes, ces reliques demeurent comme ensevelies dans l'oubli, sa divine providence prend le soin d'en renouveler la mémoire, et emploie ordinairement les miracles pour réveiller la dévotion du peuple chrétien envers les saints à qui elles appartiennent.

Depuis que le corps de saint Josse, eût été déposé comme il a été dit, auprès du grand autel de l'Eglise de saint Martin, près de trois cents ans s'écoulèrent, pendant lesquels ce précieux trésor demeura caché, sans qu'aucun connût où il reposait : ce qui dura jusques en l'année 977, qu'un vertueux ecclésiastique nommé Sigeman, qui était comme le sacristain de cette église, se fit accommoder un petit réduit dans son enceinte, pour y pouvoir passer la nuit quand il jugerait nécessaire, soit pour empêcher qu'on ne dérobât les vaisseaux et ornements qui y servaient, ou pour quelqu'autre cause. Il arriva donc qu'une nuit comme il dormait, il lui sembla qu'il était assis sur un des bancs du chœur de l'église; et que regardant vers l'autel, il aperçut saint Josse avec un visage tout éclatant de lumière, et des vêtements plus blancs que la neige, sortir du lieu où reposait son corps; et s'avancer au devant des marches de l'autel; où étant il décocha une flèche vers le ciel, avec un arc qu'il tenait en main : Et que s'étant ensuite couché par terre, il aperçut proche de lui deux vénérables personnages, qu'il prit pour ses deux neveux Arnoc et Uvinoc, lesquels le reportèrent au même lieu d'où il était sorti, et où en effet ils l'avaient autrefois mis en terre, et pendant qu'ils le laissaient doucement couler dans la fosse, ce saint tenait ses yeux arrêtés sur Sigeman, lui faisant signe, et comme l'avertissant qu'il remarquât ce lieu qui était celui où son corps reposait.

Quelques jours après, un habitant du voisinage nommé Étienne, vit en songe un vénérable personnage qui lui commanda d'aller en la même église, et lui déclara que Dieu se voulait servir de lui pour découvrir et tirer hors de terre le cercueil où étaient enfermées les reliques de saint Josse, qui avaient été mises en un lieu inconnu aux hommes, depuis plusieurs années. Ce bon homme ayant pris ses outils, s'en alla dès le matin en cette église, pour exécuter le commandement qui lui avait été fait, et déclara le sujet de son arrivée à Sigeman, lequel se ressouvenant de la vision qu'il avait eue peu de temps auparavant, et qu'il n'avait découverte à personne, crut que Dieu voulait découvrir ce précieux trésor; et tout rempli de joie le mena au même lieu qui lui avait été indiqué : et après avoir fouillé un peu avant dans la terre, ils découvrirent une grande caisse, et reconnurent par ce qui était écrit sur les plaques de plomb attachées par dessus, que c'était-là ce qu'ils cherchaient, et ils y furent encore davantage confirmés, lorsqu'ils se sentirent comme tout embaumés d'une odeur merveilleuse qui sortait de cette caisse, qu'ils dégagèrent et tirèrent hors de terre avec tout le respect qui leur fut possible, et ensuite la placèrent honorablement dans l'église : et s'étant mis à genoux rendirent grâces à Dieu de ce qu'il lui avait plû se servir d'eux pour trouver ce précieux trésor caché depuis si longtemps.

Cette nouvelle s'étant aussitôt répandue dans tous les lieux circonvoisins, plutôt par une secrète inspiration du Ciel que par le rapport des hommes, l'on y vit accourir de toutes parts une si grande foule de peuple, que les chemins en étaient tous couverts : ceux qui avaient la santé y venaient pour honorer ces précieuses reliques; et ceux qui étaient malades ou incommodés s'y faisaient porter dans l'espérance d'y recevoir quelque soulagement par l'intercession de ce grand Saint, dont Dieu comme il leur semblait, avait dessein de glorifier le mérite puisqu'il avait bien voulu découvrir d'une façon si merveilleuse son sacré corps. Et en effet les aveugles y reçurent la vue, les sourds l'ouïe, les boîteux la faculté de marcher, plusieurs possédés même y furent délivrés : et enfin les miracles qui s'y firent furent en si grand nombre, que l'abbé Florent qui a écrit sa vie, avoue qu'il n'a osé entreprendre d'en faire le récit, comme étant un ouvrage de trop longue haleine, et qu'il reconnaissait être au dessus de ses forces.

Quelque temps après cette miraculeuse invention, la caisse où étaient ces reliques fut élevée, et mise en grande solennité en un lieu décent derrière l'autel de saint Martin, en présence de quantité de peuple, qui fit connaître en cette occasion sa dévotion et sa joie : et néanmoins pour satisfaire aux pieux désirs de ceux qui, étant éloignés, ne pouvaient venir rendre leurs respects à ces saintes reliques, l'on donna commission à une personne choisie pour cet effet, de porter d'église en église dans les pays voisins, quelque petite portion de ces reliques, enchâssées dans un reliquaire, et on chargea aussi cette personne de recueillir en même temps les aumônes que les personnes de piété voudraient faire, pour le rétablissement du monastère de saint Josse, lequel ayant été bâti près de cette église environ cent ans auparavant l'invention de ce saint Corps, avait été depuis entièrement ruiné par le malheur des guerres civiles ou étrangères, qui affligèrent la France durant le huitième et le neuvième siècle, et particulièrement le Ponthieu, où les étrangers firent de grands dégâts, ayant brûlé les villes de Saint-Omer, Théroüane, Saint-Riquier, Saint-Valery et plusieurs autres, et désolé tout le plat pays, en sorte que presque tous les habitants avaient été contraints de l'abandonner.

Or le concours fut si grand pendant plusieurs années après l'invention de ce saint Corps, et les aumônes si abondantes que le monastère fut bientôt entièrement rebâti, et la discipline régulière y fut rétablie, sous la sage conduite de Sigebrand qui en fut abbé. et néanmoins pendant que l'on réparait l'église et qu'on y faisait les accommodements nécessaires, l'on transporta le corps de saint Josse dans l'église de saint Pierre, pour donner plus de liberté aux ouvriers d'y travailler et plus de commodité aux Pélerins de faire leurs prières avec moins de distraction devant ces saintes reliques, lesquelles furent veillées et gardées toutes les nuits par plusieurs personnes, pendant le temps qu'elles demeurèrent en ce lieu. Ensuite de quoi toutes choses étant en état dans la grande église, elles y furent rapportées avec grande solennité : et l'on fit mettre une grande pierre en forme de table d'autel, à l'endroit où le corps de saint Josse avait été trouvé, soit pour conserver la mémoire de cette miraculeuse invention, soit pour témoigner le respect et la vénération qu'on avait non seulement pour ces saintes reliques, mais aussi pour le lieu où elles avaient reposé. Et comme cette table d'autel était élevée de terre, et soutenue de quatre petites colonnes, plusieurs malades, par dévotion se venaient coucher dessous, et un ancien auteur rapporte qu'un jeune homme aveugle y reçut miraculeusement la vue.

Toutes ces merveilles que Dieu opérait par l'intercession de saint Josse, attirèrent en ce lieu non seulement la dévotion des peuples, mais aussi la reconnaissance des bienfaits des plus grands seigneurs : et entr'autres nous apprenons dans l'histoire ecclésiastique du Ponthieu que le Comte Guy II, de ce nom, fit donation à l'abbaye de St. Josse-sur-Mer, environ l'an 1091, d'un fort beau droit nommé *le droit de Comté*, depuis le bord de la mer, proche du Havre d'Espales jusqu'auprès de Montewis, et depuis le milieu de la rivière de Canche, jusqu'au village de St.-Aubin. Cette donation ayant été faite par ce Comte, en actions de grâces de la naissance d'Agnès sa fille aînée, et aussi en considération de ce que la Comtesse sa femme avait élu sa sépulture en cette abbaye, où, comme le remarque l'Histoire, les plus grands seigneurs du pays se faisaient anciennement enterrer, comme tenant à un grand bonneur que leurs cendres fussent mêlées avec la terre qui avait reçu celles de ce grand Saint.

Mais ce n'était pas assez que le corps de St. Josse eût été tiré de la terre, et exposé à la vénération des fidèles, Dieu voulût encore que la cendre de son corps qui avait été trouvée dans son cercueil, et qui avait été enfermée, comme il a été dit, dans le mur de l'église, par Arnoc et Uvinoc, ses neveux, fût trouvée par Guarin, évêque d'Amiens, lequel en l'année 1134, en présence de Guy, comte de Ponthieu, d'Étienne, comte de Boulogne, et de Robert, abbé du monastère de St. Josse, ouvrit la caisse où étaient les ossements de ce saint, décemment enveloppés : et les ayant considérés et baisés avec grand respect, il les remit au même état, et ayant semblablement enveloppé cette précieuse Cendre, il l'enferma dans la même caisse, avec le procès-verbal de cette ouverture et visite.

Environ 60 ans après l'on fit faire par les aumônes et libéralités de plusieurs personnes dévotes, une Châsse fort bien travaillée pour y déposer ces saintes reliques : et Thibault, alors évêque d'Amiens pour en rendre la translation plus solennelle fit avertir tous les peuples circonvoisins, du jour qu'il avait résolu de la faire, et le quinzième d'octobre de l'année 1195, s'étant rendu en l'abbaye de St. Josse, en la compagnie d'un fort beau clergé, assisté de Guillaume, comte de Ponthieu, de Regnault, comte de Boulogne et de Hugues, lors abbé dudit monastère, il ouvrit de rechef la caisse où étaient ces saintes reliques, qu'il trouva dans le même état qu'elles y avaient été mises en l'année 1134, avec le procès-verbal de l'évêque Guarin, dont on fit publiquement la lecture. Et ces saintes reliques ayant quelque temps demeuré exposées à la vue du clergé et du peuple, furent transférées par cet Évêque dans la nouvelle châsse et ces deux comtes de Ponthieu et de Boulogne firent ensuite expédier des patentes en forme de procès-verbal, dans lesquelles était amplement déduit tout ce qui s'était passé en cette translation, de laquelle, depuis ce temps-là, on a fait tout les ans à pareil jour, mémoire solennelle en cette abbaye.

Depuis cette translation, l'on a point trouvé de mémoire d'aucune autre qui se soit faite de ces reliques, lesquelles selon toutes les apparences, ont toujours été conservées dans la même châsse ; qui n'a pas laissé de ressentir les injures et dommages que les révolutions des temps et le malheur des guerres ont accoutumé de causer en toute sorte de lieux. Enfin en l'année 1614, une Dame catholique, des Pays-bas, nommée Revembergue, étant venue par dévotion en pélerinage visiter l'église de St. Josse, fut portée d'une pieuse curiosité de voir en quel état était la châsse qui contenait ces précieuses reliques, et l'ayant regardée de près et à découvert, elle trouva que c'était une ancienne châsse d'un bois fort bien travaillé, sur lequel était représenté en basse taille, la vie et les plus signalés miracles de saint Josse, et que cette châsse paraissait autrefois avoir été couverte de lames d'argent, dont il restait encore quelques pièces attachées aux extrémités, et au-dessous ; ce qui donna lieu de croire que cette châsse était la même qui avait été faite en l'an 1195, et dans laquelle ce saint corps avait été alors transféré, et qu'elle avait été réduite en ce pitoyable état par la révolution des années et le malheur des guerres, et surtout par la négligence et le défaut de piété de quelques abbés commandataires, lesquels non seulement avait aliéné les biens et laissé tomber en ruine les bâtiments de cette abbaye; mais même avaient exposé et donné en proie les plus beaux ornements de son église, qui était comme laissée à l'abandon : ce qui toucha tellement cette vertueuse dame qu'elle s'offrit de faire tous les frais nécessaires pour remettre cette châsse en meilleur état, et même pour faire retoucher la sculpture, et pour la peindre et dorer, ce qui ayant été exécuté la même année, par les soins du sieur d'Oignon, abbé de Dammartin, en vertu de la commission qui lui fut donnée par messire Geoffroy de la Marthonie évêque d'Amiens, remit ces précieuses reliques dans cette ancienne châsse ainsi renouvelée, laquelle fut posée dans une petite chapelle, comme dans le lieu qui fut alors trouvé le plus décent de toute cette église, le reste étant comme tout désolé et en fort mauvais état.

Mais messire Étienne Moreau, abbé de cette même abbaye, et depuis nommé à l'évêché d'Arras, autant recommandable par sa piété, que par ses illustres titres, ayant réparé les ruines que la négligence de ses prédécesseurs avait causées, et fait rétablir l'église, et accommoder le chœur et les chapelles, il remit cette châsse en un lieu apparent et élevé dans la chapelle de saint Josse, à côté du chœur, où elle est encore à présent vénérée de tous les peuples qui y viennent faire leurs prières et présenter leurs vœux avec plus de dévotion, depuis qu'ils ont vu ces saintes reliques honorablement placées dans cette belle église très-proprement accommodée, et qui l'auraient été encore plus magnifiquement sans le malheur des guerres, où cette province s'est trouvée exposée les années dernières, qui ont empêché ce très-digne Prélat de faire beaucoup de choses que sa piété lui eût pu suggérer.

L'on solennise tous les ans, dans cette église, quatre fêtes solennelles en l'honneur de saint Josse, dont la première et principale est l'Apparition de cette main miraculeuse, qui se célèbre le 11 juin; la seconde est la déposition ou le jour de décès de saint Josse, qui est le 13 décembre; la troisième est l'invention de son saint corps, le 25 juillet; et la quatrième est la translation de ses reliques, le 15 d'octobre : et outre cela tous les ans on fait une procession solennelle le mercredi des quatre-temps de la Pentecôte, depuis l'abbaye jusqu'au lieu de Bavémont où l'on porte la châsse de saint Josse, et où se trouve ordinairement un grand concours de peuple.

CHAPITRE XIV.

Récit de plusieurs miracles faits par saint Josse, depuis sa mort.

Les miracles étant des ouvrages d'une main toute-puissante, auxquels toute l'industrie et tout l'effort de la nature ne sauraient atteindre, Dieu s'en sert ordinairement comme d'un sceau pour autoriser la vénération qu'on rend à ses saints, et pour faire connaître combien efficaces sont leurs intercessions envers sa divine Majesté. Et quoique cela se puisse dire de tous les miracles opérés par les Saints, même pendant leur vie, ceux néanmoins que Dieu fait en leur faveur après leur mort, ont cet avantage, qu'ils sont comme les marques certaines, non seulement de leurs vertus passées, mais encore de l'état présent de leur gloire. C'est pourquoi l'église a toujours fait une attention particulière sur les miracles des saints, qui ont été faits après leur mort, soit par l'attouchement de leurs reliques, ou lorsqu'ils ont été invoqués : et elle s'en est servi non seulement pour assurer le jugement qu'elle en fait de l'état de leur sainteté et de leur gloire, mais aussi pour inviter les fidèles à les honorer, et à recourir à leurs intercessions.

C'est aussi pour nous conformer à cette conduite de l'Eglise, qu'après avoir tracé en ce livre un léger crayon de la vie et des vertus de saint Josse, nous allons rapporter ici quelques-uns des principaux miracles arrivés après sa mort, pour faire mieux connaître combien ses intercessions sont efficaces auprès de Dieu, et avec quelle confiance on peut avoir recours à sa charité, dans tous les besoins qu'on peut avoir de sa divine miséricorde.

L'abbé Florent rapporte qu'un jeune enfant, nommé Jean, se noya un jour, étant tombé dans l'eau en un endroit fort dangereux; ses parents en étant avertis, y accoururent; mais voyant qu'il ne paraissait plus, et jugeant qu'il était suffoqué; ils employèrent leurs soins pour tâcher de trouver son corps, pour avoir au moins cette consolation de lui donner sépulture en terre sainte. Mais quelque diligence que l'on y apportât pendant deux jours, on ne le sut trouver. Ces bonnes gens outrés de douleur, ont recours aux intercessions de saint Josse, auquel ils avaient une particulière dévotion, et le supplient de leur vouloir procurer au moins cette consolation que de trouver le corps de leur enfant : et à peine ont-ils achevé leur prière, qu'on vient leur donner la nouvelle que le corps de leur enfant est trouvé. Cette première grâce obtenue si promptement, leur donne la confiance d'en demander une seconde, et plus grande. Ils portent le corps mort de leur fils en son église et le mettent sur l'autel, et prosternés à genoux, les yeux baignés de larmes, le supplient de leur obtenir la consolation toute entière, et de faire en sorte par ses intercessions envers Dieu, qu'il lui plût redonner la vie à ce corps qu'ils avaient retrouvé par son entremise. Continuant ainsi leurs prières, ils aperçurent quelque changement au visage de cet enfant, sur lequel ils tenaient leurs yeux arrêtés : et s'étant aussitôt levés, et le considérant de plus près, ils reconnaissent qu'il est plein de vie. Cette merveille les surprit si fort que d'abord ils furent comme transportés hors d'eux-mêmes, sans pouvoir dire une seule parole : mais étant un peu revenus, ils commencèrent à bénir Dieu hautement, et à remercier saint Josse, qu'ils considérèrent et honorèrent depuis ce temps-là, comme le père de leur enfant : lequel étant devenu grand et se souvenant de la grâce qu'il avait reçue, crut être obligé de consacrer sa vie au service de Dieu, en l'honneur de ce grand Saint, par les intercessions duquel il l'avait recouvrée, et se fit religieux, en l'abbaye de Saint Josse Sur-Mer, où il vivait encore du temps que Florent, qui a écrit ce miracle, en était abbé.

Le même rapporte qu'un jour le feu s'étant pris en un village éloigné de quelques lieues de l'abbaye de saint Josse, un habitant de ce lieu-là, prit promptement entre ses bras un petit enfant qu'il avait avec son berceau, et le porta en un coin de l'église de sa paroisse, pour le garantir de cet embrasement; le recommandant à saint Josse, auquel il était fort dévot, ayant pris cette bonne coutume d'aller tous les ans en pélerinage visiter l'église où reposaient ses saintes reliques, et là offrir ses prières et ses vœux pour toute sa famille : croyant donc son enfant en sûreté dans ce lieu Saint, et sous une si puissante protection, il s'en retourna en sa maison pour tâcher de la garantir de cet embrasement, qui s'était beaucoup augmenté, et faisait un étrange dégât dans ce village. Mais pendant qu'il était ainsi occupé d'un côté, le feu poussé par le vent d'un autre, et passant de maison en maison, gagna le comble et la charpente de l'église, laquelle venant à tomber, ensevelit sous les ruines ce petit enfant, et s'acheva de consommer sur lui. Ce pauvre père y étant accouru et voyant un spectable si pitoyable fut outré de douleur, et s'adressant à saint Josse dans les premiers sentiments de son affliction, avec une innocente simplicité, lui redemande son enfant qu'il lui avait confié. Ceux qui l'entendaient parler de la sorte attribuèrent cette demande aux premiers mouvements de l'affection paternelle. Mais ils furent étonnés lorsqu'au milieu de ces ruines et parmi cet amas de charbons et autres pièces de bois tout embrasés, ils aperçurent cet enfant plein de vie, se jouant avec des charbons ardents qu'il prenait dans ses mains, sans se faire aucun mal : et ce qui parût encore plus merveilleux, et qui fit voir plus clairement la protection de saint Josse sur cet enfant, c'est qu'au même temps qu'on le voulût prendre, après avoir éteint le plus grand feu, et détourné les tisons qui l'entouraient, son maillot, ses bandes et sa couche tombèrent tout en cendre, sans que l'enfant eût reçu aucune lésion ni dommage en son corps. En considération d'un si grand miracle, cet enfant fut appelé *Dieudonné*, et pour reconnaissance d'un tel bienfait, étant venu en âge, il se fit religieux en la même abbaye, où il mourut quelque temps auparavant que Florent en fût abbé, qui apprit tout ce qui a ici été rapporté, de ceux qui l'avaient vu.

Ces deux miracles sont très-considérables; mais en voici un troisième qui ne l'est pas moins, en ce qu'il a continué pendant plusieurs siècles, et que d'ailleurs il ne s'est pas fait sans quelque mystère, c'est de ce même auteur que nous l'apprenons, lequel rapporte que dans l'église où reposait le corps de saint Josse, l'on ne pouvait se servir d'autres luminaires que de cire, et quelque effort que l'on fit, il était impossible de faire prendre feu à ceux qui étaient composés de quelqu'autre matière, non pas même aux lampes garnies d'huile; en quoi il semble que Dieu ait voulu indiquer par ce miracle continuel, les vertus qui ont particulièrement éclaté en la vie de saint Josse, qui sont naïvement représentées par les propriétés des abeilles qui travaillent et façonnent la cire, qui, seules pouvaient servir pour entretenir le luminaire dans le lieu où reposaient ses saintes reliques. Car la chasteté de ces petits animaux, telle que les Naturalistes l'ont observée, nous marque la pureté de ce Saint. L'aversion qu'ils ont des charognes et du grand bruit, celles qu'il avait eues de la corruption du siècle et du tracas des affaires et conversation du monde : et enfin leur soin, leur vigilance, et l'assiduité à recueillir le miel pendant le beau temps sur toutes les fleurs de la campagne, nous expriment naïvement le soin, la vigilance et l'assiduité de saint Josse à pratiquer pendant sa vie toutes sortes de vertus, et amasser par ce moyen une abondance de mérites pour l'éternité.

L'on aurait pû croire que cet usage gardé pendant plusieurs siècles de ne se point servir d'autre luminaire que de cire, non pas même de lampes, dans le lieu où reposait le corps de saint Josse, eût été un effet de quelque observation superstitieuse, ou de quelque imagination blessée, si Dieu ne l'eût confirmé par plusieurs miracles, rapportés par des auteurs dignes de foi, et particulièrement par le rigoureux châtiment dont il punît trois religieux de cette abbaye, lesquels par une curiosité blâmable, voulant éprouver si ce que l'on disait était véritable, s'efforcèrent d'y allumer quelques chandelles de suif, mais en vain : et en punition de leur témérité, deux d'entr'eux moururent subitement, et le troisième vécut encore longtemps, portant la punition de son crime sur son visage qui devint tout contrefait, par une étrange contorsion de bouche : qui donna sujet à quelques-uns de l'appeler *Bec-tord.* Et l'abbé Florent rapporte de son temps qu'il y avait encore plusieurs personnes qui avaient vû et connu ce religieux, lequel fit un très-bon usage de son affliction.

Ce miracle n'a pas toujours depuis continué, mais le temps auquel il a cessé nous est inconnu, aussi bien que les raisons pour lesquelles Dieu l'a fait cesser : les auteurs qui ont écrit la vie de saint Josse n'en ayant fait aucune mention. Ce que l'on peut et ce que l'on doit dire et penser sur ce sujet, c'est que tout ce que Dieu fait est bien fait ; et que toutes ses œuvres sont toujours accompagnées de sagesse et de justice.

Après ces trois miracles qui sont fort anciens nous en rapporterons encore quelques autres plus modernes, pour faire voir la continuation des miséricordes et faveur de Dieu sur ceux qui ont eu recours aux intercessions de St. Josse.

En l'année 1408, un gentilhomme nommé Pierre Omehen seigneur du village de Farqueline, au diocèce de Trèves, fut atteint d'une très fâcheuse maladie, qui avait toutes les marques extérieures de la lèpre, et qui était jugée telle par les plus experts médecins : or comme c'était la coûtume de ces temps-là d'obliger les ladres de se séparer de la cohabitation des autres, pour ne les infecter; le magistrat en étant averti le fit assigner pour comparaître devant lui, en la manière qui était pour lors en usage, afin qu'il fût déclaré, et condamné à quitter sa maison, et se retirer en quelque maladrerie. Étant donc comparu à cette assignation, pour écouter et subir la sentence du juge; par une providence toute particulière de Dieu, un autre gentilhomme se trouva dans l'auditoire, lequel touché de l'affliction de ce malade, et encore plus de l'infamie qu'il allait subir, lui dit à haute voix : *Monsieur ne vous affligez point; si votre mal ne peut être guéri par l'industrie des hommes, il le pourra être par l'intercession des saints : si vous me croyez vous vous recommanderez particulièrement à Saint Josse, et vous irez avec dévotion en pèlerinage visiter l'église où repose son saint corps, et je vous assure que vous recouvrirez parfaitement la santé par son assistance.* Cet avis charitable fit surseoir la sentence du juge et porta ce gentilhomme malade à la résolution d'entreprendre ce pélerinage, et (ce qui est merveilleux) dès ce moment il commença à se mieux porter et à ressentir un notable soulagement qui alla toujours en augmentant pendant son voyage, de sorte qu'après avoir fait ses dévotions en l'église de Saint Josse, et touché la châsse où étaient ses reliques, il se trouva parfaitement guéri, et avoua qu'il se sentait plus sain, plus vigoureux, et plus délicat au toucher, qu'il n'avait encore jamais été, comme il attesta lui-même en présence de plusieurs témoins dignes de foi, et d'un notaire qui reçut sa déposition.

En l'année 1444, un jeune homme nommé Pierre, s'étant retiré dansles bois pour éviter la fureur et la cruauté de quelques soldats qui couraient la campagne, fut malheureusement rencontré par quelques-uns de ces mauvais garnements, qui le prirent et le fouillèrent, et ne lui ayant rien trouvé, le tourmentèrent en diverses façons pour l'obliger à leur dire où il avait caché son argent, et l'endroit où les autres habitants du pays s'étaient retirés; mais n'ayant pû tirer de lui aucune réponse, telle qu'ils désiraient, poussés de colère et de rage, ils lui coupèrent la langue jusques dans la racine, et par une cruauté inouie, qui peut-être n'a jamais eu de pareille, ils lui firent une ouverture dans le côté qu'ils refermèrent ensuite avec quelques points d'aiguille, après y avoir mis et enfoncé le tronçon de sa langue, et puis le laissèrent aller en cet état. Ce pauvre homme étant revenu de ses blessures, et guerri par l'assistance de quelques personnes charitables, s'en alla en la ville de Gand, où il se mit en service chez un honnête bourgeois, avec lequel il demeura sept ans, sans pouvoir proférer aucune parole, se servant seulement de signes pour se faire entendre et exprimer ses pensées; mais avec tant d'adresse, que tous ceux de la maison comprenaient facilement tout ce qu'il voulait dire. Un jour ayant appris que sa maîtresse avait fait partie avec quelques dames de la même ville, pour aller en l'Abbaye de saint Josse, il la supplia dans son langage ordinaire, de lui permettre de la suivre en ce voyage, afin qu'il offrît ses prières à Dieu par l'entremise de ce grand Saint. Cette bonne dame lui ayant accordé ce qu'il demandait, il voulut par dévotion faire ce voyage nu-pieds et suivit en cet état le charriot, jusqu'à ce que sa maîtresse les voyant tout déchirés, et ensanglantés par les pointes des cailloux, dont le chemin était rempli, lui fit prendre ses souliers, non sans peine et résistance de sa part. Etant arrivé à St.-Josse, au lieu de suivre sa maîtresse qui s'en alla descendre et prendre un peu de repos à l'hôtellerie, avec sa compagnie, il fut droit à l'église, où s'étant mis à genoux devant une grande image de ce Saint, pour lui faire sa prière, il s'aperçut que sa langue commençait à s'étendre, et à se former dans sa bouche : il se lève aussitôt, et s'en va devant la châsse du Saint se prosterne en terre, les yeux tout baignés de larmes, et se tient quelque temps en cette dévote posture, tantôt suppliant ce grand Saint d'intercéder pour lui, tantôt adressant ses prières à Dieu même, et le conjurant d'exécuter la promesse qu'il avait faite en cette même église, d'exaucer ceux qui y feraient leurs prières avec dévotion, et qui auraient recours aux intercessions de saint Josse, envers sa divine Majesté. Dans la ferveur de son oraison il s'aperçut que sa langue, déjà toute formée, s'accordant avec son cœur, exprimait ses affections par des paroles articulées et intelligibles; il crut d'abord que ce n'était qu'une imagination et qu'il se trompait; mais ayant reconnu enfin par sa propre expérience, qu'il parlait fort distinctement, il se lève et tout rempli d'allégresse, il emploie cette langue miraculeuse pour bénir Dieu, et déclarer devant tous les assistants la grâce qu'il venait de recevoir par l'intercession de saint Josse. Cependant sa Maîtresse arrive sur ces entrefaites, dans l'église, où ayant vu avec admiration ce qui venait d'etre fait, elle rendit devant toute l'assistance témoignage de l'état dans lequel ce bon serviteur avait toujours été depuis le temps qu'il demeurait en sa maison : et lui prenant la parole, déclara publiquement comment sa langue lui avait été coupée, et découvrant son côté fit voir la cicatrice de la plaie où elle avait été renfermée par ces cruels soldats. L'abbé de ce monastère, appelé Nicolas, et tous ses religieux furent témoins de cette action : comme aussi le père Jean de Nanty, de l'ordre de St. Dominique, supérieur du couvent du même ordre, de la ville d'Amiens, lequel s'étant rencontré en ce lieu, monta en chaire et fit une très-dévote prédication à tout le peuple qui y était accouru, sur le sujet de ce miracle fait par l'intercession de ce grand Saint.

Ce dernier exemple, outre l'efficace merveilleuse des intercessions de saint Josse envers la toute-puissance de Dieu, nous fait voir jusqu'à quel point se porte l'inhumanité des soldats ; mais celui que nous allons rapporter fera connaître combien de misères et de malheurs sont attirés par l'imprécation et la malédiction des pères et mères, sur leurs enfants.

Dans une petite ville du diocèse de Cologne il y avait une femme laquelle par une mauvaise habitude qu'elle avait contractée, maudissait sa fille et la donnait au Diable, en toutes sortes d'occasions pour les moindres sujets qu'elle en pouvait recevoir : ce qui arrivait assez fréquemment, et surtout après que cette fille eut été mariée à un habitant du lieu, parce qu'alors croyant que sa condition la rendait plus indépendante de sa mère, elle lui témoignait moins de sujétion : ce qui fâchait cette mère, laquelle prétendait conserver toujours la même autorité et le même empire sur cette jeune femme. Mais Dieu justement irrité, permit enfin, pour l'instruction et de la mère et de la fille, que cette jeune femme fut possédée du malin esprit qui la tourmentait étrangement et lui donnait d'effroyables contorsions; et faisait en elle des choses si extraordinaires, qu'il n'y avait aucun lieu de douter qu'elle ne fut vraiment possédée : et entr'autre chose, l'on rapporte que souvente fois le Démon se retirait en une partie de son corps et puis en une autre, laquelle alors paraissait tout enflée, et là il répondait distinctement, avec une voix articulée, à toutes les demandes à lui faites par l'exorciste, bien que cette pauvre affligée ne remuât ni la langue ni les lèvres. Elle demeura en cet état l'espace de dix années, durant lesquelles son mari consomma presque tout leur bien en divers pélerinages qu'il fit avec elle, sans qu'elle reçut soulagement. Enfin comme il ne savait plus que faire ni quel remède apporter à un tel mal, il entendit parler des grands miracles qui se faisaient au tombeau de Saint Josse, ce qui le fit résoudre d'entreprendre encore ce pélerinage : et ayant appris que douze ou quinze de ses compatriotes étaient aussi dans le dessein d'y aller, il prit cette occasion, et se mit en leur compagnie, pour pouvoir recevoir quelque secours de leur part, dans les plus violentes agitations de sa femme. D'abord qu'ils mirent le pied sur le territoire de la paroisse de l'abbaye de Saint Josse, le démon commença à faire paraître la crainte qu'il avait de ce grand Saint, et à faire tous ses efforts pour empêcher que cette pauvre femme ne fut conduite en son Église: la rendant comme immobile, et si fortement arrêtée qu'il était impossible à son mari de la faire avancer un seul pas, de sorte qu'il lui fallut implorer le secours de toute sa compagnie, pour la mettre et lier sur une charrette : et en cet équipage l'ayant conduite jusqu'à la porte de l'église, aussitôt qu'elle y fut rentrée, elle commença à faire des cris et des sifflements si épouvantables que cela remplissait de terreur tous les assistants. Ayant été puis après menée à l'hôtellerie, comme on voulut le lendemain la ramener à l'église, on n'eût pas moins de difficulté que le jour précédent: mais quand il fut question de la faire approcher de la châsse (qui se trouva ce jour-là descendue à cause d'une procession en laquelle on la devait porter), ce fut alors que le Démon fit de nouveaux efforts pour s'en défaire, en sorte que huit hommes des plus forts eurent bien de la peine à venir à bout de cette possédée, et de lui faire baiser cette châsse. Le jour suivant il fallut user des mêmes violences, pour l'obliger de rendre les mêmes respects à ces saintes reliques que l'on porta ensuite processionnellement dans un très bel ordre, avec beaucoup de dévotion et de solennité. Mais aussitôt que la châsse fut arrivée sous le portail de l'église, cette femme qui la suivait, tomba tout d'un coup par terre comme morte, en présence d'un grand nombre de peuples, et de quantité de pélerins étrangers venus d'Angleterre, d'Allemagne, de Flandre, de Hongrie et de Suisse, qui se mirent tous en prières pour demander à Dieu, par l'intercession de saint Josse, la délivrance de cette pauvre affligée: laquelle ayant demeuré quelque temps en cet état, sans aucun mouvement, fut ensuite agitée avec une violence extraordinaire, que l'on prit pour une marque de l'effort que le Démon souffrait se voyant contraint d'abandonner ce corps : et en effet il témoigna incontinent après, par un cri épouvantable qu'il jeta, que c'était bien malgré lui, et par l'impression d'une puissance à laquelle il ne pouvait résister, qu'il abandonnait le corps de cette femme, laquelle se trouva aussitôt entièrement délivrée, et acheva de suivre la procession, avec un esprit aussi tranquille, que si elle n'eut jamais eu aucune agitation, bénissant et remerciant Dieu de l'avoir délivrée d'un si cruel ennemi, par l'intercession de ce grand Saint. Cette délivrance se fit en la fête de la Pentecôte de l'année 1525.

Il y a un très grand nombre d'autres miracles semblables que nous pourrions ici déduire tout au long, mais cela serait trop prolixe, et ce peu que nous avons rapporté suffira pour faire connaître combien Dieu se plaît que l'on aie recours à la protection de Saint Josse, et combien efficaces et puissantes sont ses intercessions auprès de sa divine Majesté.

CANTIQUE

SUR LA VIE DE SAINT JOSSE,

Prêtre et Solitaire, Patron de la Paroisse de Parnes, dans le Vexins Français.

AIR : *Or, nous dites, Marie...*

Dans notre compagnie,
Chantons avec ardeur
La précieuse vie
De notre protecteur
Saint Josse, qui du monde
Foule aux pieds les grandeurs,
Et d'une paix profonde
Va chercher les douceurs.

Il eut, dès son enfance,
Un naturel heureux;
L'éclat de sa naissance
N'éblouit point ses yeux :
Dès sa tendre jeunesse,
Réglant tous ses désirs,
Il fait de la sagesse
Ses plus chastes plaisirs.

Par la mort de son père
Le trône étant vacant,
Judichael, son frère,
Prend le gouvernement.
Le poids de la Couronne
Le remplit de frayeur,
A Josse il l'abandonne,
Pour suivre le Seigneur.

Josse à cette nouvelle,
S'enfuit sans hésiter;
A la voix qui l'appelle,
Il ne peut résister.
Couronne périssable
Et pleine de dangers,
Vous n'avez rien d'aimable,
Vos biens sont passagers!

Quittant de la Bretagne
Le pouvoir souverain,
Il se met en campagne,
En simple pélerin :
De l'humble modestie
Couvrant sa qualité,
Il ne se glorifie
Que de la pauvreté.

Il entre dans la France.
Il arrive à Paris;
Quel effet sa présence
Produit sur les esprits!
De ses vertus l'exemple
Méritera bientôt
Que l'on élève un temple
En son nom, au Très-haut.

Gouverneur de province,
Haymon, racontez-nous
Comment ce jeune prince
Fut introduit chez vous?
Dites-nous les merveilles
Qu'il cachait avec soin,
Ses travaux et ses veilles;
Vous en fûtes témoin?

La sainteté de Josse
Le fit tant respecter,

Qu'Haymon au Sacerdoce
L'engage de monter :
Alors brûlant de zèle
Pour la Religion,
Vit-on plus beau modèle
De la perfection !

Affreuse solitude,
Bois, rochers du Ponthieu,
Chez vous, sa seule étude,
Fut la loi de son Dieu :
Dans ses saints exercices,
Employant jour et nuit,
Il goûtait les délices
Du cœur et de l'esprit.

Toujours dans sa retraite,
Par de nobles transports,
Il punit, il maltraite
Sévèrement son corps :
Chaque instant de sa vie
S'immolant au seigneur,
Il devient une hostie
D'une agréable odeur.

L'orphelin misérable,
Dans ses nécessités,
Vers le saint charitable,
Accourt de tous côtés :
Sa charité suprême
Ne sait se ménager,
Il donne son pain même,
Et n'a rien à manger.

Grand Dieu, la récompense
Qu'il reçoit de ta main,
Lui rend, en abondance,
L'usure de ce pain :

Quatre barques chargées
D'aliments différents,
A sa porte arrivées,
Sont les dignes présents.

Que d'étonnants spectacles
Viennent frapper nos yeux !
Que d'insignes miracles
Il opère en ces lieux !
Il fait voir la lumière,
Il obtient pour Haymon
Une source d'eau claire,
Et chasse le démon.

Une heureuse vieillesse
Ranime sa ferveur,
Ses vœux tendent sans cesse
A s'unir au Seigneur.
Il meurt ; et dans la gloire
Son âme va goûter
Le prix de la victoire
Qu'il a su remporter.

Grand Saint ! dans nos misères,
Viens à notre secours,
Écoutes nos prières,
Protèges-nous toujours;
Fais que ta sainte vie
Excite dans nos cœurs
Une haîne infinie
Des biens et des honneurs.

PROCÈS-VERBAUX

Constatant l'existence des Reliques de Saint Josse.

L'an 1805, le 3 mai, nous *Hugues-Robert-J.-Ch. de LA TOUR-D'AUVERGNE-LAURAGUAIS*, Évêque d'Arras, étant dans le cours de nos visites épiscopales, et après avoir administré le sacrement de confirmation, dans l'église succursale de St.-Pierre de St.-Josse-sur-Mer, sont comparus messieurs Wulfi Fontaine, rentier; Charles Gravelines, tonnelier, et Jean-Baptiste Calicque, maçon; lesquels nous ont certifié par serment avoir conservé la Châsse contenant les reliques de St.-Josse prêtre et solitaire, pendant le temps de la persécution; et l'avoir ensuite déposée dans l'église du susdit village; nous étant fait représenter la susdite châsse, nous en avons fait l'ouverture en présence des susdits témoins et de Monsieur Jean-Baptiste Dubois, notre premier Vicaire général; de Pierre-Antoine Parmentier, desservant, et du peuple assemblé; et nous avons reconnu que foi devait être ajoutée aux susdits témoins; après avoir retiré un des os inférieurs du bras que nous avons remis en mains de M. Jean-Baptiste Godefroid, prêtre vicaire de St.-Sauve de Montreuil-sur-Mer, pour une partie être exposée publiquement dans la susdite église de St.-Sauve, et l'autre nous être remise; ce qui a été exécuté.

En Conséquence, de notre pleine autorité, nous

permettons d'exposer, comme ci-devant, à la vénération publique, la châsse dudit St.-Josse, et y avons apposé intérieurement, sur lesdites reliques, notre sceau épiscopal, aux extrémités d'un ruban rouge en forme de croix ; et de plus, nous avons fait sceller la porte qui se trouve au-dessous de ladite châsse.

Donné et signé le 3 mai 1805.

Pour extrait de l'original, le 3 mai 1813.

Signé, *Fr. CAPY, Prêtre desservant de St.-Josse.*

Hugues-Robert-Jean-Charles de LATOUR D'AUVERGNE, par la miséricorde de Dieu et la grâce du Saint Siège Apostolique, Évêque d'Arras.

Vû le procès-verbal de la visite par nous faite des reliques de St.-Josse-sur Mer, lequel rédigé dans ladite paroisse, sera déposé aux archives de notre évêché, pour y avoir recours au besoin; après nous être assuré des précautions qui ont été prises pour conserver soigneusement lesdites reliques, convaincu de la vérité des différents témoignages de plusieurs personnes dignes de foi, qui ont constaté l'identité des reliques qui nous ont été présentées, et de celles qui, de temps immémorial ont été précédemment exposées dans l'église de la ci-devant Abbaye de St.-Josse; voulant autant qu'il est en nous, satisfaire aux désirs des habitants de ladite Paroisse, et entretenir leur piété, nous avons permis, et par ces présentes nous permettons, que la châsse renfermant le Corps de St.-Josse scellée intérieurement et extérieurement de notre sceau en cire rouge, soit exposée à la vénération des fidèles, les mêmes jours et de la même manière que dans les temps antérieurs ; nous voulons que la présente ordonnance qui sera transcrite sur les registres de la fabrique, serve d'authentique aux reliques de St.-Josse déposées comme il a été dit ci-dessus, et qu'elle soit un témoignage de leur conservation et de la vénération dont elles sont dignes.

La présente sera aussi transcrite sur les registres de la fabrique de l'église paroissiale de Montreuil, chef-lieu du canton.

Donné à Neuville-sous-Montreuil, sous notre sceau, notre seing et le contre-seing du Secrétaire général de notre Évêché, le 5 du mois de mai 1805 (15 floréal an 13).

Signé † CHARLES, Évêque d'Arras.

Par mandement de Monseigneur l'illustrissime et révérendissime Évêque d'Arras.

HALLETTE, Secrétaire Général.

DERNIER PROCÈS-VERBAL

HUGUES-ROBERT-JEAN-CHARLES DE LA TOUR-D'AUVERGNE-LAURAGUAIS, par la miséricorde de Dieu et la grâce du Saint Siège Apostolique, cardinal prêtre de la Sainte Église Romaine, Évêque d'Arras, grand-officier de l'ordre de la légion d'honneur.

L'an de grâce 1843 et le cinquième jour du mois de Juin Nous, HUGUES-ROBERT-JEAN-CHARLES LAURAGUAIS, cardinal prêtre de la Sainte Eglise Romaine, Evêque d'Arras, grand officier de l'ordre royal de la légion d'honneur, accompagné de de M. l'abbé Auguste-Adolphe-Adrien-Joseph VANTROYEN, chanoine honoraire d'Arras, professeur directeur au grand séminaire et de M. César-Alexandre OCCIS, curé de Montreuil-s-M. grand doyen de l'arrondissement de ce nom, vicaire général d'Arras.

Nous sommes rendu au village de St. Josse, canton de Montreuil, sur l'invitation des habitants de cette commune, à l'effet de visiter la châsse de bois renfermant les ossements de St. Josse, prêtre solitaire, laquelle ayant sa planche de dessous totalement vermoulue devait être remplacée par une autre; procédant à cette opération, nous avons reconnu que la relique de St. Josse susdit ayant beaucoup souffert de l'humidité et des insectes qui l'ont pénétrée, avait besoin d'être dépouillée de ses enveloppes pourries, pour être enveloppée dans de nouvelles étoffes.

N'ayant point trouvé les sceaux intacts, nous avons mis les ossements dans une toile neuve blanche que nous avons reliée d'un *ruban faveur rouge*, lequel nous avons scellé sur son nœud du sceau ordinaire de nos armes; nous avons de plus enveloppé le tout d'un taffetas violet de soie que nous avons entouré 1° d'un ruban large roset au bout duquel nous avons apposé deux sceaux de nos armes ordinaires; 2° d'un ruban large blanc et bleu scellé comme le premier.

Etaient présents à cette opération : MM. Vantroyen et Occis, ci-dessus dénommés, Hilaire-Louis-Hubert Poultier, maire de St. Josse, Constant Ledieu, curé-doyen d'Etaples, Charles-François Radenne, curé d'Airon-Notre-Dame, Etienne Holleville, desservant à Merlimont, François Gillet, desservant de Cucq, Charles Delacroix, clerc laïque à Cucq et Pascal-Hégésippe Monborgne desservant de St. Josse, lesquels témoins ont tous individuellement signé avec nous le susdit procès-verbal pour servir et valoir ce que de raison.

Fait à St. Josse les jour, mois et an que dessus.

Signé : Charles évêque d'Arras, Vantroyen, Occis, Poultier, Ledieu, Radenne, Holleville, Gillet, Monborgne et Delacroix.

Les mêmes jour et an que dessus, nous avons procédé à la seconde opération consistant dans le placement de la relique ci-dessus dans une caisse de bois de chêne faite à l'effet de la recevoir. Avant ce placement, nous avons enveloppé ladite relique d'une 3me enveloppe qui a été l'ancienne dans laquelle Saint Josse était enveloppé et que nous avons jugée trop humide pour première enveloppe. Toutes les poussières, débris de linge et autres que cette opération a procurés ont été mis dans une caisse de chêne, clouée et scellée du sceau ordinaire de nos armes. Après quoi nous avons permis de nouveau l'exposition de ladite relique à la vénération des fidèles. Et ont signé avec nous les témoins plus haut nommés. — Saint Josse, 5 juin 1843. — † CHARLES, card. év. d'Arras. — Nous ordonnons que l'original des présentes soit déposé dans la première caisse revêtue de fer blanc et renfermant celle qui contient les reliques de St. Josse. La copie sera déposée aux archives de l'église et l'original enregistré à l'Evêché.

Arras, 10 juin 1843. † CHARLES, Card. Ev. d'Arras

TABLE
DES
CHAPITRES CONTENUS
DANS CE LIVRE.

MONTREUIL-SUR-MER, Imprimerie et Librairie de DUVAL.

www.ingramcontent.com/pod-product-compliance
Ingram Content Group UK Ltd.
Pitfield, Milton Keynes, MK11 3LW, UK
UKHW022113190726
13855UKWH00002B/830

9 782012 855397